琴瑟合韵

[美] 龚济民　[美] 方仁念　著

湖南文艺出版社
HUNAN LITERATURE AND ART PUBLISHING HOUSE

小引

夫妻好比一本书，打开来一分为二，彼此互为另一半，双方只有都细读，读懂了对方，这才能成为一本好书，一本完整的书，一本回味无穷的书。

我俩就是这样的一本书，她早就读懂了我，我也早就读懂了她。我俩向来喜欢联袂撰文，有时她执笔我润色，有时我执笔她润色，你中有我，我中有你，无须一一署名，合二为一才能成为一本好书。

此前我俩曾出版过一本散文合集《双键和鸣》，这次续之以《琴瑟合韵》，可视之为姊妹篇，名副其实也！

目 录

第一章
老大尤思少小时

第二章
深情浓意话亲朋

第三章
人生今古多感慨

第四章
异地风光眼底收

第一章

老大尤思少小时

冬日山墙下

儿时的家乡，每到冬天农闲季节，凡有太阳的日子，一座座山墙下总有一道道特殊风景：一群群老人聚在一起晒太阳闲聊，一般都是男一堆、女一堆，互不干扰，各谈各的话题。孙子、孙女都喜欢缠着奶奶，跟一些玩伴在她们面前绕来绕去。

奶奶们膝盖上差不多都搁着一只铜手炉，里面大部分装的是稻壳或荞麦壳，上面盖着从灶头里取来的余烬，这样慢慢燃着就可长时间保持热度。孩子们感兴趣的自然不是炉子，而是在余烬上烤花生、蚕豆。只有奶奶最耐心，将生花生、生蚕豆一颗颗放进炉子里，每听到“啪”的一声就用筷子将这颗翻个身，待到两面都发黄变饱满就说明熟了，赶快撵出来放到孙子或孙女衣袋里。

我跟奶奶最亲，她总帮我剥好烤熟的花生、蚕豆，塞进我的小嘴里。我也会剥一颗花生送到她嘴里，她会赶快说："我的小祖宗，奶奶牙不好吃不动，你自己吃。"然后抱着我亲一下。

山墙下既能避风又能晒太阳，冬阳怜人老，免费施予老人恩惠。一些身体特别羸弱坐在草窝子里的老人，被阳光晒得暖洋洋、红润润、笑眯眯的，顿时精神好很多。他们总爱说"冬晒太阳，胜喝参汤"，这是他们的切身体会。确实，一个冬天晒下来，他们居然能够离开草窝子，独立起居了。其实，冬阳对每个人来说都是宝，谁晒都对身体好。

待到老人们闲聊得差不多了，奶奶便吩咐我回家把我爸爸叫来，说是要他来给大家念通俗小说《薛仁贵征东》《薛丁山征西》之类。村上识字的人不多，我爸好歹读过五六年私塾，向来又以孝子著称，自然义不容辞，赶紧奉命手执《唐宋英雄传奇》来到山墙下。

在民间，唐初著名军事将领薛仁贵、薛丁山父子，奉皇命相继征东和征西的故事，几乎家喻户晓，可老人们还是百听不厌。我爸的声音高亢，他越念越起劲，不知不觉动了情，以至声情并茂，还不断以手势帮助表达，老奶奶们都听得着迷了，老爷爷们也被吸引过来，一时间山墙下竟成了一个小剧场。

当时正是抗日战争如火如荼的年代，乡亲们视唐朝征讨的叛军如日寇，每当听到薛仁贵大胜就会情不自禁地高呼："好！"书中杀声惊天，山墙下则喝彩声动地，都期望现实生活中也能出现像薛氏父子那样的盖世英雄，在抗日战场上杀得日本鬼子片甲不留。

薛仁贵为唐太宗平复辽东，三次领兵讨伐高句丽，功勋显赫，被封为平辽王。不料与皇叔李道宗结下怨仇而入狱。在此危难之际，又奉命挂帅征讨西凉哈密国，不幸中圈套受伤。之后又引出薛仁贵原以为已不在人世的薛丁山，应召请缨夺得帅印，无意间解救了父亲之危……故事很长，一天根本念不完，只得一次又一次且听下回分解。老人们怎肯放过，只要是晴天，我爸就得不断去山墙下继续念，差不多花了整整一个冬天，才把薛氏父子的故事念完。

穷乡僻壤也真可怜，乡亲们一年到头无戏可看，实在憋得慌，竟把清口念书当成娱乐，还觉得其乐无穷。好在，民间流传的通俗小说很多，我父亲每年过春节去小镇办年货时，总会顺便买一两本这样的书回来，一方面供自己农余消遣，另一方面也可备奶奶差遣。

忆龙井茶香

我的故乡是杭州，现如今，从祖国来拜访我的亲友都会带来一盒西湖龙井作为馈礼，以慰异乡游子的思念。前几年带的是铁罐头的，这几年是铁盒或陶瓷密封罐茶叶，装在精美的大纸盒内，还衬着金黄色的缎子或丝绒，让你有一种“皇上享用贡品”的感觉。打开一闻，却觉得没有小时候闻到的龙井那样浓郁的茶香。

我在一九四六年第一次跟爷爷[①]一起回到故乡，那时抗战刚胜利，是老百姓最舒心的日子。作为中学老校长的爷爷，接受学生的馈赠，除了杭州糕点以外就是龙井茶，一般是体积小小的纸包，包着几两茶叶，最多不过半斤，都是散装的。到茶庄去买茶，人们也习惯于临时称几两，只见不同级别的龙井样品，

① 此为作者方仁念的爷爷。

陈列在玻璃橱柜的瓶子里，让顾客看得见，能比较、做选择。不像现在闪闪发亮的密封铁盒，让你见不着、摸不透，以致人们无意间将过期发霉的茶叶作礼品，送来又转去的。龙井向来闻名遐迩，茶庄也是茶香扑鼻，但当时的人比较淳厚、讲求实惠，人人喜欢喝龙井，却不将茶叶奢华化。

泛西湖的游舫，不论粗陋的、精美的，一律配有茶点，让游客一边欣赏西湖美景，一边品尝本地的骄傲——龙井。我记得茶价分两档，爷爷总是要高档的龙井和不油腻、素净的点心，像绿豆糕、荸荠糕之类的。我喜欢将茶壶盖掀开来，鼻子凑上去闻，爷爷常笑骂我把香香的茶熏臭了。

爷爷爱带我爬山，杭州山里的茶站特别让我难忘。那些店甚至没有任何招牌，只在门口摆放一两张大方桌或矮脚小方桌，几把竹椅子。桌上搁着一把茶壶，几只粗糙的大碗。从来没听说龙井非要配万把块钱的宜兴茶具，才有香味。过路客和山里的樵夫，爬山路出大汗，一定会到茶店来喝下一壶热茶，汗冒到头顶，过一会儿反而觉得凉爽了，嘴也没那么干了。茶是粗茶，叶子大大的，深绿带褐色，有时还混杂着一些小小的细杆子，却照样香气袭人。问店主这是什么茶，回答都是："当然是龙井，这一带都是龙井茶区，自家喝的粗茶不讲究焙制功夫，只是一定用山泉烧开了冲茶。"

店主任人喝，不主动索取茶钱，最后随客人丢下些零钱作为茶资，似乎不那么计较花了劳动力要获取多少报酬，只是有义务为渴了的人补充水分，提供歇脚之地。爷爷问他们日子如何，一个个笑嘻嘻地说："把日本人打败了，日子好过多了。"茶香配着婆娑起舞的竹林的细语，令人微醺，也永远留在我的记忆中。

跟孩子们说家史

年逾八旬，该跟孩子们说说家史了，否则他们只知道自己的出生地，却不知道祖籍何处，也不知道祖父、曾祖父叫什么名字，再往前推他们更瞠目结舌了。长此以往，最终免不了数典忘祖，叫我百年之后有何颜面去见列祖列宗？

其实我对家史也知之甚少，只晓得祖父[①]是个皮匠，独自走东村闯西村，靠替人家绱鞋、补鞋为生，也不知来自何方。到了十九世纪下半叶，他终于定居江苏省江都县（今扬州市江都区）野曹庄，并且结了婚。

原本我以为龚姓是个小姓，可是据史载，历代姓龚的不少，宋代龚系安徽第一大姓，明代龚系江苏第一大姓，我祖父承传的很可能就是后面这一支脉。而且历代龚姓名人也不少，可惜我这个不孝子孙只知道

① 此为作者龚济民的祖父。

清代著名思想家和诗人龚自珍。

我的祖父不但手艺精湛，而且非常勤劳，口碑甚佳。他一年忙到头，临近春节尤其忙，省吃俭用，因此不断有钱可储存起来，陆续购地置产。

他和祖母先后育有少堂、少海、少卿三个儿子，还有两个女儿。祖父极其重视儿子的教育，把三个儿子都送进村塾读了几年书，学习识文断字；待到成年都结了婚，又把他们送到上海去找工作，结果他们都进了英商杨树浦煤气厂，老大、老二在炉子间烧煤，老三在写字间管火表。

老大少堂和妻子早在乡下就生了铭璋、玉璋两个儿子和一个女儿，也让儿子们都读了村塾，跟父母一起到了上海。一九三五年他们又生了三子金璋，这就是我。这时祖父母已垂垂老矣，为了让后辈们继承乡下的祖业，不得不跟三个儿子商量，要派其中一房弃工返乡务农。老二、老三都不愿意，身为长子的少堂义不容辞，就携妻带女以及两岁的我回老家了，但他有个条件：托两个弟弟务必帮我两个哥哥找到工作。后来铭璋进了有轨电车公司做售票员，玉璋进了煤气厂写字间。

父母返乡不久祖父母即先后去世，留下二十七亩地和三间草房。这些地当然该由弟兄三人平分，只是暂时还没分家而已。原先做工，而今务农，这对父亲来说实在是个考验，然而他挺过来了，耕地、挑粪、播种、插秧、割稻、割麦，越做越精。每次清理猪圈，真是又臭又脏，他总是卷起裤管赤着脚埋头苦干。农忙时仅靠家里人实在难以承受那么多活计，只得临时雇几名短工帮忙，由于待遇从优又招待得好，乡亲们都抢着来我家帮忙。

父母勤俭持家，从不贪图享受，冬天难得买个蹄髈炖炖，全家就非常满足了。父亲甚至连理发都舍不得花钱请挑剃头担子的师傅，每次都由邻舍一位老公公为他剃光头。我的头也由他剃，自然也是光头。因此我家很快就达到了小康水平。父母知道家产和收入也有两个叔叔的一份，只是没分家，他们也没讨要。于是，父亲每年总要带上许多农副产品，诸如花生、黄豆、赤豆、绿豆、咸肉、蹄髈、咸鱼、鸡鸭、鲜蛋、咸蛋等，搭乘帆船渡长江，长途跋涉去上海看望他们。

对村上一些贫苦乡亲，父母也常主动赠送粮食和其他食品给他们，以致招来附近一些穷乡亲，每每拿着袋子上门求贷，父亲二话不说，总是笑嘻嘻地拿起笆斗将稻麦或黄豆装进他们的袋子。他们要立借据，全都被父亲谢绝，即使有的人写好了给他，他也当面撕掉。

那时乡镇没有银行，人们有钱无处储存。母亲想给子孙留点东西，就偷偷地将纸币用油纸包起来，将内室门口墙上当砖头砌的土基松动后拿下来，挖个洞，把钱塞进去，然后再用土封好，以防盗贼窃取。父亲知道后总是笑话她：“这样岂不成了死钱，何不拿它救济活人呢?”没想到日后母亲“存”的那些钱全都变成废纸。

父亲勤俭持家、乐善好施的行为对我影响很大。我在上海读初中的时候，就已经喜欢向报社投稿，一次拿了稿费，看到有个同学的母亲生病无钱就医，我立即全部奉上。后来入读中等师范学校，有年冬天特别冷，大嫂给了我一件大哥做售票工作穿的新呢大衣，当时我已经有了件棉袄，看到一个入学前拉黄包车的同学尚无冬衣，我便毫不犹疑地将大衣借给他御寒。没想到他很不爱惜，穿得又脏又破。我大嫂知道了，狠狠教训了我一顿，说：“助人也得看对象，那种不识相的人不值得怜悯！”然而我并没有后悔，毕竟在关键时刻救了人家的急。

我的家史就说这些吧，以后是怎么样个情况，该由我的儿孙们写下去了。我多么希望我的子孙也能传扬祖宗勤俭持家、乐善好施的家风！

不考不成才

我自幼被父母寄养在上海叔父母家中，受尽种种冷遇，从小学开始就懂得必须打拼，否则无法摆脱自己恶劣的命运。要拼搏，就得认真对待各种考试，尤其是升学考试。

原先我在乡下读过几年私塾，《大学》《中庸》《孟子》之类的课本属于旧学，与属于新学的教科书根本对不上号，以致我到上海求学时不得不设法过渡一下。我先在一所私立小学读四年级上学期，由于成绩优良，被公立区中心小学录取为四年级下学期插班生，这对我无疑是一个很大的鼓励。

叔叔家没有地方供我住宿，我就央求弄堂对面的棉花店老板，恩准我晚上跟他们弹棉花的师傅一同睡在案板上。我的枕边有一扇玻璃窗，外面路灯透进来的光线正好能让我看书，于是我天天在夜里苦读。小学毕业，我成绩优秀，得以顺利考入市重点中学，学习成绩总保持在前三名之内。

在我的脑海里，始终不忘记要争取食宿独立，以便早日离开叔叔家。我把这种压力当作学习动力，想到的远景就是不再依赖人。在我看来，学习如同攀登高山，既要坚持不懈地一步一步往上爬，又要时时以无限风光在险峰的远景激励自己。

初中毕业后，我原本可以免试入高中，可是一想到，如果直接升入高中，就还需叔叔以及已工作的哥哥继续帮我缴学费并供应伙食，而我实在不愿看人家的冷眼，便毅然决定投考中等师范学校。自然天遂人愿，有了公家供应食宿，我才得以搬出叔叔家自立。

从中等师范学校毕业后，我按规定被分入一所小学任教，兼任少先队总辅导员，食宿都在学校，天天跟孩子们处在一起，似乎十分满足。一年后，国家向广大青年发出“向科学进军”的号召，于是我又有机会投考大学。按自己的条件，我无须考虑，就毅然选择了投考免学杂费和食宿费的师范大学。

四年大学生涯，我不但学习成绩优良，还当上学生干部，毕业时又被留校任教。我从助教逐渐升为副教授，住房也不断改善，并且忝为中国作家协会会员，还跟一位留校的女同学结了婚，终于美满地成家立业。

这时候，叔父叔母真正对我另眼相看了，显得极其热情，还说：“毕竟古人说得对：‘书中自有黄金屋，书中自有颜如玉。’”这话不无道理，然而他们哪知道，这种甜头实在来之不易，这“书”就是一座座高山，一次次考试就是一步步艰难地往上攀登，其中的辛酸实在一言难尽。

可以毫不夸张地说，我这一辈子就是在重重考试中摸爬滚打闯过来的，我深深体会到“不考难成才”，这就是我一生所以重视考试的根本缘由。

家乡春节杀年猪

记得儿时在家乡，每年都是“吃罢腊八粥，赶紧杀年猪”。我们村百来户人家，总要杀十几二十来头猪，我家也会杀猪，因为猪肉是农村过年最重要的荤菜食材。

附近村庄杀猪都找刘家厦的一个王姓屠夫，他的名字叫昌裕，可是大家都爱叫他的诨名“长鱼”，即黄鳝。他出身肉庄，祖上三代都是屠夫。他有个儿子名叫华俊，跟我是私塾同窗，长得胖墩墩的，力气很大，比我年长五岁，从小就准备继承父业。

杀年猪的时候私塾已放年假。一天，华俊跟他爸爸用一根大竹杠，抬着一只椭圆形的大木盆，还挎着一只沉甸甸的帆布袋。他妈妈一手拿一根长长的铁条，一手夹着一块大案板，紧紧跟在他们后面。他们走一里多路，一会儿就到我家了。

听说我家杀猪，院子里早就来了好多看热闹的人。考虑到屠夫还要去别人家杀猪，我爸在左邻曹叔叔的帮助下，早就进猪圈将猪捆好。“长鱼”来了先把大木盆放在院子里，紧挨着木盆用两条长凳搁好案板，盆中放了一只我妈准备好的陶制大钵头。

然后“长鱼”父子俩将猪抬上案板，让它头朝里，“长鱼”一手拉住猪耳朵，摁住猪头，一条腿压住猪身，迅速从帆布袋里拿出一把尖刀，一下从颈子捅进去，快、稳、准、狠，顿即刺破心脏大动脉，刀一拔出，血如泉涌，全都喷进钵头，引来众人一片叫好声。

血流尽了，猪也断气了，“长鱼”父子俩便把它推进木盆里。“长鱼”蹲在地上抓起一只猪脚，用刀尖刺了一个洞，再抓起另一只猪脚，也刺一个洞，轮流将铁条捅进去，左右移动，不断上下捅来捅去，捅遍猪的全身，使皮和肉之间有一层空隙。

然后他用细麻绳扎起其中一只有洞的猪脚，再用嘴套着另一只猪脚上的洞，一口一口吹气，他的儿子则在一旁不断用木棒拍打猪身。这是他的绝活，连着吹了十来分钟，再吹另一只，眼看整个猪身鼓胀起来了，可见他的肺活量有多大！然后他赶紧把刚吹的猪脚扎紧，又拿破布塞住猪颈子上的洞，同时吩咐我妈妈将准备好的两大锅开水，用木桶拎过来从猪头浇到猪身，过了一会儿又把猪翻个身再浇。

待到盆里的水转温，“长鱼”就拿起铁刮子从头颈开始迅速刮毛，逐渐往后推，连尾巴上的毛也刮尽了，这才清理最复杂的猪头。清理完，白白净净的猪身显得胖乎乎、光亮亮的。“长鱼”父子俩将猪抬上案板，让它四脚朝天，再把盆里的猪毛捞起来，带回家去积在一起，日后等人来收购。须知猪鬃可值钱呢。

开膛前先割下猪头，然后在猪的肛门处划开一个大口子，将大肠先拿出来。这才将刀逐渐往上推，直到颈项。只见“长鱼”双手一掰，猪身顿时平摊开来，就可以顺顺当当摘下各种猪内脏。再用大刀沿着猪的背脊砍过去，分成齐齐整整的两片，这样就可割肉了。

这时看客们纷纷拿出背后装有黄豆的小布袋，原来他们是准备来换肉的。乡亲们不习惯用货币交易，跟我家买肉自然也是如此，反正我家人不多，卖掉小半片猪肉不成问题。

"长鱼"毕竟是肉庄老板，切肉不用秤称就能把握得很准，至于黄豆，人家也早在家称好，多少黄豆换多少肉按常规，彼此信任，皆大欢喜。

剩下的肉，第二天我爸妈就拿了很大一块去送给外公外婆，顺便还带了一块送给我已出嫁的姐姐。左邻右舍也送了。留足现吃和过年的鲜肉，剩下的就都用来腌咸肉、制腊肉。

最开心的当数我，天天有红烧肉吃，有大肠萝卜粉丝汤喝，吃得脸红扑扑、胖嘟嘟的。杀年猪真好！

无处话凄凉的姐姐

“昨夜西风凋碧树”，一宿难寐。好不容易进入梦乡，忽见姐姐穿越阴阳两界的阻隔，气喘吁吁地向我奔来，一面挥手一面有气无力地呼唤：“小……小弟呀，姐……姐姐……我苦啊……”我的哭叫声惊醒枕边人，老伴拉开我压在胸口的左手，轻轻地抹了两下我的额头，见平安无事就又转过身睡去。我却翻来覆去再无睡意，脑海里尽是姐姐的影子……

姐姐是一九四六年腊月二十八去世的，可怜她连年夜饭都没来得及吃，就匆匆走了，迄今已经七十多个年头。她是被黄疸夺去生命的，发病后曾从夫家回来住了一段时间，我看她全身都肿胀发黄，还抱病帮爸妈做农活，双手持着沉甸甸的簸箕颤悠悠的，实在心疼不已，但我劝阻也没用。父母重男轻女的封建思想十分严重，所谓“嫁出去的姑娘泼出去的水”，居然在她病情恶化时把她送回夫家。

姐姐夫家所在的王家庄离我们村子只有两三里路。来美国前我曾特地从上海赶到乡下去看她的坟，遗憾的是，早在一九五八年“大跃进”时代，坟就被人民公社平为耕地了，难觅踪迹。这就是说，从那时开始，姐姐就成为孤魂野鬼了，她实在难熬长期“无处话凄凉”的孤寂，怪不得要漂洋过海来寻找我这个她最喜欢的弟弟。

我俩姐弟情深。姐姐比我大十一岁，未出嫁时就相当于是我的监护人，父母忙着农事和家务，我的吃穿住行全靠她打理。我曾在离家两里路的邻村读私塾，路边有一条长长的河流，就是我们村的母亲河，姐姐不放心，怕我会跌到河里去，我每天早晨上学、傍晚放学她都要接送。回家的路上，有时我走累了，她就背着我，我伏在她的背上居然会睡熟。

姐姐越长大父母派的差事越多，她干活时也带着我。平时我们家靠池塘边的菜地常要浇水，姐姐总是一手拎着木桶一手牵着我一同去。她把桶从池塘里装满水，我就抢着要跟她抬，她硬是不依，却从衣袋里掏出几颗她煮饭烧火后，放在灶膛余烬中烤熟的花生给我吃。

每年秋末去田里收花生，也是我和姐姐的差事。拉掉花生藤，我就将根上的花生摘下来，她则用钉耙轻轻刨，把土里的花生翻上来，我们再一起捡了放在篮子里。每年起码都会装满两只篮子。回到家里再把嫩的和老的分开，洗干净后将老的摊在竹匾里晒干慢慢享用，嫩的则用盐水煮熟装在大碗里，晚饭后全家围着桌子剥食，又香又甜。这是秋收后最开心的时候。

姐姐不到二十岁就出嫁了。姐夫是个塾师，也算是个知识分子，可是道德败坏，居然与他舅父刚续弦的妻子乱伦，对结发妻子却缺乏感情，尽管姐姐是他们家吹吹打打用花轿迎娶过去的。父亲知悉后极其愤怒，特地将他叫了来狠狠训了一顿。

姐姐婚后每年过春节，我们家的春联都是姐夫写好由姐姐送来的，这一年他写的春联竟是“有容乃大真君子，无事生非不丈夫”。父亲看了气得跳脚大骂，把对联撕得粉碎，然后回过身来叫我补写对联。姐姐赶快帮我磨墨，并且摊开家中裁好的剩余的红纸。

幸好塾师正在教我们做对子须注意词性和平仄，

对仗力求工整，并以林则徐的一副自勉联作为范例：“海纳百川，有容乃大；壁立千仞，无欲则刚。”我约略思索了一番就来个投机取巧，取了姐夫写的上联“有容乃大真君子”，用我临摹的柳公权体重写了一遍，再将下联改为“无欲则刚大丈夫”。父亲含笑点点头，夸我：“儿子有出息了，救了这副对子！”于是怒气也消了。

最尴尬的是站在一旁的姐姐，她目不识丁，不知姐夫写的什么会惹得父亲暴跳如雷。事后她悄悄把我拉到灶间问个明白，我把姐夫写的对子解释给她听，她唰地脸红了，说我不但救了这副对子，也救了姐夫。

这事传到了姐夫的父亲耳里，他觉得对不起亲家公，说得准确些是怕得罪我们家，便亲自登门代子道歉。他之所以想尽快平息这场风波，是因为我姐姐在他们家占有极其重要的位置：他早就丧偶，且患有鼓胀病，虽是一家之主但是什么都不管，家务、农事、管教两个年幼的女儿，全都交给我姐姐。而姐夫平日又住在离家八九里路的外村私塾里，只有农忙季节和私塾放年假才回来几天，同样百事不管，跟姐姐话也很少。

他们家只有三亩地，主要靠姐夫教私塾养家。姐夫的两个妹妹跟我差不多大，不能下地劳动，耕种的事当然也只得由姐姐包下来。家里没有牛，农忙季节姐姐就靠跟有牛的人家换工来耕田，下种、收割也全由她包揽，两个小姑子至多给她送水送饭罢了。

姐夫不在家的日子，姐姐常常会把我接到她家去住两天。夏天晚上在村子打谷场边乘凉，边吃西瓜边闲扯；冬天晚上则早早躲进被子里，听姐姐讲故事。然而我们小孩子家终究充当不了姐姐谈心的对象，其实她心里十分凄凉。我的心跟姐姐的心是连在一起的，她凄凉我必伤心。

“追前事，暗心伤”，我前前后后写过十余篇回忆童年时代的文章，就是不敢掀开跟姐姐有关的过往，生怕泪流不止、情不能自已。姐姐好像是天生服侍别人的，从生下来起就没享受过一天好日子，她将短短的一生都奉献给了亲人，可真正心疼她的又有几人？竟落得连个倾诉衷肠的人儿都没有，“一生赢得是凄凉”。她生前虽怀孕过，但由于劳累过度流产了，二十四岁就离开人世。好不悲伤啊，我一生劳苦、凄凉的姐姐！

忆回乡处理祖产

一九七八年春末，两个哥哥授意我回乡处理祖产。当初我们家有十五亩地，住房、家具以及水车等农具一应俱全，是个小康之家，“土改”时被评为富裕中农。土地自然归公了，父亲过世于乡下，我们三兄弟和母亲也早已来了上海。我离开家乡已经三十多年了。

从上海回故乡江苏江都野曹庄，先乘火车再渡江，然后上了长途汽车。一路上并不觉得劳累，倒是心情十分复杂，正是“近乡情更怯，不敢问来人”。下了车还得步行两里多路。到了村口，一群正在嬉戏的孩子围过来，好奇地打量我这个“少小离家老大回”的陌生人，就像唐代诗人贺知章所写的那样：“儿童相见不相识，笑问客从何处来？”我向他们打听一个人的名字，他们连忙说是党支部书记。他是我儿时私塾同学，我俩久别重逢寒暄不断，他还热情地要留我吃晚饭。我想先去看看勤耕叔，以往他跟我父母过从甚密。原来他现在担任生产队长，一见到我赶紧放下手中的活儿，婶子手脚麻利地为我煮了一碗水潽蛋泡爆米花。

勤耕叔告诉我：因为我家长期无人居住，久久搁置的房子和家具长期不用会蛀蚀掉，他便和书记商量，将房子正厅作生产队办公室，西厢房为生产队仓库，东厢房现由困难户文藻将就着当住房。接着他又将各种家具、农具等东西交代清楚在哪一家、哪一户，似乎他脑子里有一本丝毫不含糊的账簿。我佩服得五体投地。

乡亲们听说我回来了，纷纷上门来看望我，只见“父老四五人，问我久远行。手中各有携，倾榼浊复清”，还一个个邀约我去他们家吃饭，东家西户轮都轮不过来。最热闹的当数次日在勤耕叔家吃的那顿晚饭，轮不上的几家都端来煮好的鸡、鸭、鱼、肉，用的都是海碗，丰盛极了。文藻兄再三说必须去他家吃一次，盛情难却，他是我读私塾时的学长，这个面子驳不得。

一家家吃过后，勤耕叔要跟我算账，说他已经将搬到一家家去的家具等物件折好价，叫我挨户去收钱。我再三推却，表示那些东西如果至今不用，早就变成一堆堆烂木头了，这个钱千万收不得。至于三间屋子，就按他说的收五百元，文藻兄该摊的一份早已交给他，那我也就不客气了。

听说我不肯收钱的那些乡亲们，一个个都十分感激，在我临回上海的那天，送来一只只鸡、满篮子满篮子的蛋，还有花生、蚕豆等农产品，我根本带不了。于是他们抢着帮我挑和背，一路送我去车站。我走在往昔走过千百次的故乡小路上，经过以甘甜的水哺育我长大的母亲河，浓浓的乡情在我的心中流淌。不知今生今世，是否会再度踏访这块养我育我的风水宝地？

第二章

深情浓意话亲朋

“书”在心头的纪念碑

抗战十四年，可歌可泣，胜利来之不易。多少英雄儿女献身，多少平民百姓遭殃，多少恩爱夫妻离异，多少美满家庭破碎，一本永远算不清的账！大时代有无数壮怀激烈的大篇章，也有无数催人泪下的小故事……

二十世纪六十年代初，小故事里的人物走进我的生活，这就是我的妻子方仁念和岳母黄丽娟，还有影影绰绰的岳父方恩绶，看不见、摸不着，却跟我们的命运不断在缠斗。其实这位父亲只在他女儿儿时陪她一起生活过几天，旋即离弃妻女，去了菲律宾，若干年后定居中国台湾地区，杳无音信。在仁念的记忆中，父亲的模样都十分模糊。

父亲到底是个什么样的人？仁念从母亲口中略知他十九岁毕业于清华大学化学系，是高才生，先后曾任化学教师和教官，后又从商——是中国旅行社的高级职员，不久又学医成了医生。至于他长期在海外的生活，母亲语焉不详，只告诉她父亲又结婚了，没有再生孩子；他学医的学费和生活费，部分就是这个以舞女为职业的妻子供给的。

在她的脑海里，父亲终究是个谜：他为什么跟母亲离婚？为什么非得远走异国他乡？既然没再生孩子，又为什么不跟自己的两个女儿联系？直至“文化大革命”中的一天，她突然收到瑞典一位远亲托香港朋友带来的口信，说父亲已屡次中风，自知来日无多，希望两个女儿能给他写封信。爱恨交织的她和姐姐在当时怎敢跟彼岸政治身份有问题的父亲通信？她们拒绝了。

四十八年后已移民美国的她，不再有任何约束，父亲却早已去世。一次应某学术会议之邀，她有机会到了台北，从亲友口中打听到父亲的墓地，第一次去给父亲上坟。她手执一束鲜花，向墓中人深深鞠了一躬，便默默坐在墓阶的边沿。清明时节刚过，周遭坟茔刚被雨洗过，像重新装扮了一番，既整洁又宁静。望着面前父亲的没有子嗣名字的墓碑，她无限心酸，心中却已没有仇恨，就像雨后那清澈的天色一样。

这次台湾之行，她本想去看望父亲的第二任妻子，顺便了解抗战期间父亲在菲律宾等地究竟做了些什么事，遗憾的是因故未成。这就让她的心结更加严重，不久她想探望的对象过世，自己也罹患了癌症，看来在生前解开父亲这个谜已成奢望。

令人喜出望外的是，去年堂侄女方敏为修订家谱，广泛访问并查阅网上资料，竟有许多意想不到的发现。她无限欣喜地告诉我们，网上有资料显示，父亲是化学方面的著名学者，抗战期间曾为中华民国国民政府应对日寇化学武器攻击，编写过两册化学武器教材，并公开出版。联想到母亲说他在军中担任过化学教官，这就对上了号。

为还原被历史的尘埃掩埋了的父亲的事迹，她翻阅了许多书籍，查遍了网上有关抗战前期和化学武器的数据，以及中国旅行社、清华大学、菲律宾、太平洋战争等史料与有关人物的事迹。拜科技发达之赐，许多从不知道的信息现在都有了眉目。原来父亲曾是中华民国国民革命军主战场化学兵部队的一名战士。她生平还是第一次知道国民党军队曾有一支化学兵。

于是她继续苦苦追寻，反复考证。

父亲早年就读的清华大学，乃是中国杰出人才的摇篮之一。通过查阅该校校志所载学生的短小传记，她找到一些蛛丝马迹，诸如：他曾是清华大学化学系优秀毕业生；后为化学兵部队创始人的李忍涛，当时的年轻教授、后任驻菲律宾马尼拉总领事的杨光泩，清华大学的球将、曾在杭州笕桥中央航空学校学习过的沈崇海等人，他们跟父亲在清华大学、杭州、南京、菲律宾的时间有重叠，历史曾否将他们与父亲扭结在一起？完全可能！有他们的事迹作基础，一个个鲜活的形象就从她脑海中蹦出来了。

父亲在菲律宾的生活扑朔迷离，此刻她联想到第一次来美国哥伦比亚大学任访问学者时，久久未联系的远在澳大利亚的舅公，曾在信中告诉她："你父亲实在够机智的，日本人要抓他，几次都危险得要命，居然都被他逃掉了。"他俩当时都在菲律宾。父亲是外科医生，作为技术人才，照理日本人会尽量利用他，但他怎会对日军构成威胁并险被抓捕？他在菲律宾的妻子曾与前夫生过一个孩子，孩子跟前夫走了，他们为什么没能再生一儿半女？是什么使他们失去了生育的兴趣或能力？

国民党军队为了进一步对付日军使用化学战，很可能责成李忍涛组织数个秘密试验小组，为躲过日军耳目分别在一些秘密地点进行试验。父亲本来好端端地跟随国民党军队当化学教官，突然放弃专业，从长沙去了香港，在中国旅行社香港分社从商，后来又当医生，这对当时的一些友人来说也是个谜。有熟悉他的人在回忆文章中曾写道："恩绥老师是杰出的化工专家，据说后来因故弃教，转赴菲律宾攻读医科。"经商、行医是否都是为了掩护他真正从事的事业？为了试验，他需要更多生化和医学方面的知识。这就促使她推断出："三剑客"（父亲所在试验小组成员）冒着生命危险，为逃避敌人的耳目不断迁徙，不管在什么艰难的条件下都不停止试验，为总部制造"匿光"化武提供了准确的数据，而他们却因不断接触极毒化学品而失去生育能力。他们在菲律宾时，一定得到过杨光泩总领事的帮助。故事就这样理顺了……

这个故事自然是在抗日战争这个大背景下陆续伸展。她以年代为经，以已知父亲的事迹为纬，纵横交织，辅以推理、想象，补遗填缺，搭起了传记体小说的架构，完成一篇用心血谱成的抗战乐章，可能不够完美，却表达了一名只能使用胃饲管进食以维持生命的老妪的最后心愿：以自己的第五部长篇小说《匿光》，为抗战将士——包括自己的父亲、母亲在内的一代人竖碑。

而今的她为有这样的父亲感到无比骄傲，再也不责怪他离弃母亲以及她和姐姐，完全忘却了过去的怨恨。她之所以写这部小说，就是想以此作为打开我们民族集体记忆的众多钥匙中的一把小钥匙，致敬抗战时期曾为国家和民族立下过汗马功劳的化学兵。

时值抗战胜利七十周年纪念日的今天[①]，《匿光》的问世不仅告慰父亲的亡灵，也是对化学兵英灵的沉痛悼念，更是对在抗战中牺牲的全体官兵及其家属的纪念！可以说，这是她以血泪写成的书，是永远“书”（竖）在心头的纪念碑。

① 此文写于二〇一五年。

寒光与《叶的独白》

——纪念吴寒光先生

大海茫茫仍是由无数水滴聚成，每一颗水珠都折射出时代的波光。《世界日报·上下古今》让一个个活生生的普通人，从作者笔端站到读者眼前，或是从一顿茶饭、一种风俗，看到我们民族的文化传承，为此我珍惜这块园地。今年是猴年①，是吴寒光先生的本命年，虽然他已去世两年多。我接受他赠予的诗集《叶的独白》时，若是能及时回信，他或许还能在临走前欣慰地得到他所思念的那个人的消息；但我因怕扰乱一位年近八十老妪家庭的平静，故而胆怯、犹疑。今年我重新拿起这本诗集时，心中多添了几重遗憾和思念。

从诗集的作者介绍和网上查阅的信息看，老吴大

① 此文写于二〇一六年。

哥最终成为中国社会学的权威，是曾荣获国务院颁发的有突出贡献的专家，退休前任首都经济贸易大学教授、中国社会科学院研究员，他的一堆著作对改革开放后的统计与决策、种种的调查与评估有极其重要的贡献。显赫的头衔一大堆，我为他欣喜又悲哀，为什么这棵老桂花树到了几近木朽时才得以开花？“莫回首/往事如烟/凝望天边/已是日落天边/虽是晚霞烂漫”，“一生磨难积淀/何须与人絮谈/终是克己暗度波澜/如今吾将乘风而去/奈何留下孤影丹心/任凭化作灰烬青烟/昂首回归自然”。《隐性埋情》这首诗我相信他是在八九十岁时写的，当时他已桂冠一堆，堪称“晚霞烂漫”。回首一生，心情何等复杂，满腔热血的青年要克己隐性埋情，以求活下来将自己的才学贡献给无限热爱的民族！

我认识老吴大哥是半个多世纪以前的事。我由南京市十中初中部毕业，回上海继续读高中。令人惊喜的是姐姐也大学毕业，分配到上海工作。通过姐姐我认识了原金陵大学的教师、因院系调整分到上海财经学院的吴寒光，从高等学府调到中等技校，无疑是降级，原因是有“历史问题”，或许他曾加入过“三青团”[①]。他们一起由宁到沪报到，老吴大哥当时三十出头，对身边还不知情为何物、又如花蕾初绽的姐姐产生了恋情。老吴比姐姐大十三岁，对她十分宠爱呵护，使她产生了依恋。尚不满二十岁的姐姐，因父母离异，从小生活在没有男士的家庭，她短暂的恋情更像是“恋父情结”。最终由于对有“历史问题”男士的畏惧感，她放下了男女朋友的这种关系。这也是必然的，他俩差距太大了，前者是主动炽热，后者是被动接受爱的调教。正因如此，姐姐和老吴会面，老爱带着我这“电灯泡”一起游览，一起拍照，照片上的投影不是三个，就是单个，缺少他俩双双的倩影。

老吴大哥后来什么时候成的家，我不知道，之所以记下这段恋情，并非揭隐私，而是让读者明白他内心的痛。正如其诗所记，“你把我关在爱情的门外 / 从此我便不再谈情说爱 / 我曾想到荒野把这真情埋没 / 也曾想到海边把这恋情撒落 / 无奈总是萦绕心间的记忆 / 终是伴随我把这情怀封闭 / 时过境迁已经半个世纪 / 你的身影却深嵌在我的心里 / 多年来我虽是

① 中国国民党下属的青年组织。

隐居在这个斗室内／禁不住那痴情又回到了你的门外”。《门坎》为时隔半个多世纪后所作，她居然还一直萦绕在他心间，这份情是何等地烫、何等地痴，又何等地痛！

那为什么纪念老吴大哥的文章，会由我这个“电灯泡”情不自禁地来抒写呢？因为他可以说是我走上文学道路的引路人。老吴大哥不仅是社会学专家，也是个颇有造诣的文学爱好者。据诗集作者简介，抗日战争时期他在成都曾与友人创办《草原文艺报》，出版《草原诗集》等，后又在南京编印《沉默集》，此后停笔。二十世纪八十年代改革开放以后，才又动笔写了《解冻》等多篇，结集出版《叶的独白》。

在我妈妈、姐姐都去北京后，有一段时期，他和我姐姐还有鸿雁往来，情丝牵连。我独自在上海念高中，十四岁的我虽有自己的同学朋友，却也常会想起这位老吴大哥，隔些时日在周末会去上海财经学院他的“斗室”看望一下。那真是个名副其实的“斗室”，原来也许只是个储藏室，除了一张又短又窄的单人床——我常怀疑身形高大的老吴大哥躺在上面会不会连脚都无法伸直，更无法翻身——旁边就是一张很小的书桌和一把椅子，再就是一个脸盆架；摆不下书架，书都堆在桌上和枕头边。当我坐在他的椅子上，他就只得坐在床上，两个人就几乎将“斗室”撑破。

我喜欢看书，有时会将摘录金句的笔记本带给他看，动情地谈起新看的苏联小说。他建议我不要单摘录，应该把自己的感动记录下来，养成写札记的习惯，这样多写多练，就会有自己的“彩笔”。当时的我并不知道“彩笔”这典故，所以只能以惊诧的表情回应之。“有了‘彩笔’，即使没有纸张，你也能在灰暗的心空，画上自己的‘彩虹’。这比喻的意思你该懂了吧？”他语重心长地说。哎，真是鸡同鸭讲！他没笑话我的愚钝，笑了笑，又说：“将来你长大了会懂的。”因他的鼓励，我喜欢上了写札记，写作文，最后考大学选了中文系，可惜留校后只敢做个教书匠，却不敢动笔。直至到了美国，才陆陆续续发表了一百多万字。所以我虽然记不得一些同学的名字，吴寒光这个名字却一直牢记着。

记得有次我直截了当地问他：“姐说你参加过‘三青团’，你一个好人干吗要参加反动组织？”他即刻愁眉牢结，脸上乌云密布。“为了抗日！”“什么？”

我嘴巴张得大大的，真搞不懂！却没有追问，等待着他自己解答。“你听说过‘十万青年十万军’的口号吗?”“没听说过。”“你懂‘投笔从戎’的意思吗?”“那当然懂。”“我当时身为大学生，放下学业加入国民政府的军队，是为了抗击日本鬼子，打到印度去!”“什么什么?打日本却要打到印度去，这有什么相干?”他深深地叹了口气:“我俩年纪是整整隔了一代，跟你姐都说不明道不白的事，跟你怎么说得明白?”从此对这等事，我当然闭口不问了。直到几年前看了电视剧《中国远征军》，才解开了多年的谜团。看到他诗集中《还我山河》《安息吧！无名烈士——为印缅中国远征军阵亡战士作》，才从积满灰尘的记忆库中拾起这段对话。

姐姐跟老吴大哥断了恋情后，我这个“电灯泡”自然不便再去打扰他。可我这小调皮却请了我们班毛笔字写得最好的同学，代我写了封不文不白的信，还附上一罐肉松，缝成小包寄给他。信中称他为侄，假冒一位深知其身世的老人的口吻，说了些请他将心胸放开的废话，“尔尚年轻，将来必能‘择良枝而栖’，实现为国干大事的抱负”之类，出发点是想安慰他几句，又不想让他猜到是我这小丫头写的，今天想想诚然可笑至极。

以后我再没遇到过老吴大哥，不过每逢政治运动，不知怎的我都会想起他、担心他，后来以为他早已经过世了。没想到他虽然历经去贺兰山支边、治沙、扶贫、参加“五七大军”垦荒……，最后还是回到了北京高等学府，有幸教书育人。他出生于甘肃天水，为了学业到了北平，随着抗日的洪流，漂到了成都，又飞到了印度，又漂回南京、上海、贺兰山下，最后还是在北京完成了他的人生圆圈，九十多岁高寿仙逝。他很想“举起我们的左手/反对专横和霸道/举起我们的右手/维护人类的尊严和人道/举起我们的双手/面对强暴和霸权怒吼/捍卫我们的主权和人权”。(《新时代》)然而正如他的《遗愿》所述：“当我的心脏停止跳动/把我的忆念和遗愿埋在林中……我还惦记着生前未遂的心愿。”

纫秋老师，永活心头

潘纫秋是哥伦比亚大学东亚系退休中文教师，去世快半年了。今天十月一日是她九十七岁冥寿，不为她写下些文字作纪念，心中无法平静。我不知道东亚系最终有没有为她开追思礼拜，实在想去看她最后一眼，就打了不下十几个电话给熟悉她的朋友及公寓门卫总管，请他们告诉我有关消息。后来门卫都嫌烦了，叫我别再打，答应有消息一定通知我，但我最终还是没见到她。

复活节那天，我好不容易跟她通了最后一次电话——我俩住在两个州，又不会开车，电话是唯一的联系方式，但她耳朵太聋，大多数时候听不到铃声。有时候寄卡片给她，字写得斗大，且每次写上我的电话号码，希望她叫护工帮打电话报个平安，免得我老因为不放心去麻烦她的门卫。她对我说这又聋几乎瞎又不能走路外出（她摔跤的次数太多，故医生不准她外出）的日子太苦了，她天天祷告求耶稣快接她去，我感觉她的日子不多了。

严厉尽职的好老师

第一次认识潘老师是在一九八三年，当时我在哥伦比亚大学跟随夏志清教授当访问学者。他俩是好朋友，时常相互请吃饭，不记得是在谁请的饭局上，我认识了潘老师。只记得有一次，夏先生赞扬她是哥伦比亚大学最好的中文教师，潘老师却报之曰“你是东亚系最‘疯’的老师”，在座的笑成一团。前几年夏先生一度病危，她答应代我一起请人送花去慰问。我说起此事，可惜她记不得了，直说王洞（夏先生夫人）真了不起，能这么好地服侍夏先生，我第一次听出她对自己晚景的担忧。

潘老师的严格在学生中是出了名的，每学期第一堂课她总板着个脸告诫学生：“谁想到我课堂上来偷偷懒，混个好分数，那还是早点退出。我是每堂课都要考试，要背，要默写，少了一点一画，都让你好看。”众所周知，中文的四声是很难的，对外国学生来说必须经过严格训练，才能掌握。但四声也是最基本的，不然一开口说中文，人家就会说你是“洋泾浜”，认出你是“老外”。潘老师在这方面是用尽狠功夫，跟学生一起磨破嘴皮，不断地矫正，绝对不让学生轻易过关。所以她教出来的很多美国学生，都成为“中国通”。

在词语教学方面，她特别注意教学生运用成语，告诉他们能恰当地插用成语，中国人就会承认他们的文化素养，就像茶有了香味，而不是淡而无味。因此她亲自动手为学生编写了一本成语教材，收集了两百多条四字成语，不但有拼音、四声，还用标准漂亮的英语（不是那种“洋泾浜”的中式英语）作解释。她退休后这本教材还被一借不还。她生前曾告诉我，有人跟她拿去说要联系出版社公开出版，好让更多想学中文的外国人受惠，我也很为她高兴。谁知一拿去就杳无音信，我说：“你啊就是太天真，人家骗去自己打主意了。”她却十分大度地说：“只要教材不丢掉，对人有用就行，谁拿去都可以。”

“我让人家快活了我就快活”

潘老师早年从金陵女子大学毕业后，不几年有机会来了美国，开始了她全新的生活，为此一生对这个国家充满感激。进入哥伦比亚大学教中文后，她教的学生都十分优秀，但因为她没有美国的学衔，只得终身做讲师。即便是优秀资深的讲师，薪水也不高，她却不断给各种慈善机构捐献，以报答“山姆大叔”。对那些求助的信件，一般人都当垃圾往废纸篓里一丢了事，她却逐一回信并捐款。直到她九十岁出头，实在没钱了，方才停止。

她自己是独身，且弟弟妹妹都很争气，均事业有成经济独立，无需姐姐帮助。她的钱很多用来帮助朋友和学生，比如她的中国护工的三个外孙在美国上大学，父母经济能力差，她就每学期拿出几千美元帮他们完成大学学业，即使那位护工去世了，她也照帮不误。她在饭店遇到的一个兼职做侍者的大学生，快要毕业了，却因为太累身体不好，快撑不下去了。跟他无亲无故的潘老师竟主动借给他几千美元，叫他不要打工了，当心身体，先完成学业。这位学生后来不仅因此完成了学业，还找到了好工作，逐年还了钱，成了优秀的人才。

那时候从中国来美国的人穷，潘老师的中国朋友没有一个没收过她的礼金，包括我在内，我患癌症后，她还寄来好几百美元营养费。而她去年住老人护理医院时，我想趁机帮她一点，寄给她支票，她不去兑现，给她现金，她也坚决不收，说会被人偷走的，只收下那瓶玫瑰，陪伴了她一周，这也是我俩最后的一面。潘老师就是这样一个只愿付出，不图回报的“傻子”。

她最大的嗜好是请人吃饭，帮人家过生日，写生日卡、慰问卡，发红包。她的一些学生、朋友都受过她这方面的恩惠。甚至请人吃饭饭后还点菜，让来人带回家再享用，还帮人付停车费，或叫出租车抢付车钱。朋友为她做点事，她不但坚持要付报酬，还常常请吃饭、送东西。年复一年，她为朋友付出不知几何！其实她的退休工资不高，储蓄也少，加上生病住院期间，菲律宾籍家护偷了她不少东西，她也没精力去追查，最后的日子真有点捉襟见肘。但她从不后悔为别人花费很多钱，总是开心地说：“我让人家快活了我就快活，我一生就是这么过来的。”

一个一生为学生为朋友付出全部的纫秋，就这么静悄悄地走了。我只希望认得她的人，读到这篇文章也能跟我一起怀念这位普通的教师，因她在人间留下一颗“傻”得发烫的爱心。纫秋老师永远活在我的心头！

薛师恩惠才德留人间

人到风烛残年，难免患有这样那样的毛病，只要能无大痛苦、了无牵挂、顺其自然、平静安详地逝去，那就是人生最后一大幸事了。我的老师薛蕙芬，就是这样的有福之人。

我和内子与薛师交往长达半个多世纪，受益、受惠无穷，无论在事业抑或行事为人方面，她都为我们树立了榜样。这更是我此生特大幸事。

早在二十世纪五十年代，我和内子就读于上海华东师范大学中文系，薛师教我们心理学。这门课的主讲教师是著名心理学家张耀祥教授，他年事已高，实际课务由薛师和另一位青年助教分担，我们年级有六个班，薛师正好分教我和内子班级的课。那时候她很年轻，充满活力，热情大方，平易近人，大家都喜欢听她的课。她教我们将来做教师时如何洞察学生的心理，因材施教，举一反三，循循善诱，若有花开，不忘栽培。这些道理够我们受用一辈子。

哪知道在“文化大革命”中，在我们学校外语系任教的薛师的丈夫被迫害致死。这对薛师如五雷轰顶，她默默地抹干眼泪，独自抚养一双尚未成年的儿女，含辛茹苦地将儿子培养成美国大公司的管理人才，将女儿培养成德高术精的医生。

“文化大革命”后期，薛师因受丈夫牵连，被调离华东师范大学这块伤心地，去区教育学院科研室工作。她丝毫不计较，有志之士哪儿都有用武之地。于是她下中学搞教学实验，一心扑在学生身上，热心而又严格，教学颇有成效。她所教的学生都考进了不同类型的高校，家长和学生们感激涕零，以致她离开中国后，学生们还在到处寻找她。

巧得出奇的是，三四十年后，我和薛师居然会在美国新泽西州萨摩赛特郡一家电脑装配公司相逢，她的人缘特好，不久就把我的老伴也介绍进来。我们天天在一起工作，从此师生关系之外，又添了一层同事关系。我们家跟她家相隔仅三四分钟车程，彼此过从甚密。她热情爽朗，乐于助人，工作认真又出色，同事们都很敬重她，连经理和老板都敬她三分。

薛师实在命运多舛，中年丧夫，老年又丧子。她的儿子非常优秀，在美国成家立业，像她一样热心待人，一次在帮朋友搬家后突发脑溢血去世。当时薛师自己刚因白内障开过刀，在儿子的追悼会上，看着黑压压的人群，亲友们个个心疼不已，真担心她会倒下，但她没有，十分坚强。她极其平静地接受朋友们的慰问，将对儿子的爱深深埋在心里，对儿子那个搬家的朋友没有半句怨言。

她五十九岁来美，一直靠自己打工拼搏，不愿靠儿女养活，自己存钱买车买房，为自己营造了舒适的安乐窝，同时也是她的艺术宫殿。在她的字典里只有“刚强”，却没有“屈服”二字。

七十六岁的她，居然又发奋学画，从彩墨画落笔，随后又专攻油画，几幅初创的作品很快被选参加地区绘画展览，并一次次地获奖上报，还开了画展，真是一鸣惊人，当地英文报纸以及《世界日报》都做了报道。行家评论曰：“画中一山一水、一草一木、一枝一花，均纳入了大自然的灵气，细细品赏，满心余香。”这是因为她热爱生活，爱生活中美的事物，大自然的美熏陶了她清纯的心灵，她又通过自己灵巧的手向人们展示了美。

她还烧得一手好菜，逢年过节总会把周围的一群朋友都请到她家聚餐，我们夫妇常是座上客。端午节我们都会吃到她亲手裹的上海肉粽，中秋节也必定会吃到她亲手烹制的上海鲜肉月饼。平时她烧了美味佳肴，还会打电话叫我去拿，如果我不去她就会驾车送上门，真叫我们过意不去。

她对学生的关怀到了无微不至、不惜一切的地步。一次我老伴因病开刀，她毫不犹疑地将自己珍藏多年的，一支比拇指还大的野山参送给我们。她知道我喜欢舞文弄墨，特地买了《中华宝典》一套精装的大字本四书五经送给我，以便于我查阅。老伴写完长篇小说《日出江花红》，又劳薛师精心设计封面画。

她退休后，我和老伴又去罗格斯大学亚洲系教了一两年书，待我们也退休，竟然跟她又在同一所老人日托中心。她在那儿也是个热心、活跃分子，许多有关公益的事，她都无私地充当了不是领导胜似领导的角色，只要她一呼众人必百应，一切都顺顺当当解决。

薛师这一生颇感欣慰的是，她有个极其孝顺的宝贝女儿，处处为她着想，待薛师老了又将薛师接到身边居住，随伺在侧，孝心感天动地。

前不久，曾经获得薛师悉心教导、学有所成的上海市第十六中学七八届学生，与薛先生的女儿一起，精心为她老人家印制了大型精装本彩色画册，我和内子亦获赠薛师亲笔题签的一册。我们把它当作树在心头的永不消逝的薛师纪念碑。

薛师的一生似乎是个悲情故事，但她活得光彩照人，令人钦佩，死而无憾。我以有这样的老师为幸，我以有这样的老师为荣。

吾爱吾师，吾敬吾师，吾颂吾师，有悼词为证：

先师一生坎坷，中年丧夫，老年丧子，命运自作主；

先师一生坚强，挺直腰杆，从容面对，自强不认输；

先师一生绚丽，助人为乐，桃李芬芳，彩画传全球。

怀念好友王寿亨

昨夜恍恍惚惚在校园文史楼后面中文系资料室内，我与王寿亨有说有笑，他坐在椅子上，我则斜靠着长方桌边，无所不谈，醒来方知是南柯一梦。其实寿亨兄去世已经整整两年，我再也见不到他了，从此只能“留得清梦与君随”。

与寿亨在华东师范大学中文系共事三十余载，我是文学理论教研室教师，他任资料室资料员。他比我大三岁，我视之为兄长，彼此过从甚密。他精通英文和俄文，能读外文原版书，阅读面广，学识渊博，在那还没电脑、无互联网可查的年代，不论碰到什么古今中外疑难问题，大家都喜欢去问他，他总会给你满意的解答。为此，同事们都叫他“活字典”。教师们备课时遇到问题请教他，他会尽其所能地帮你出点子，告诉你所需的参考书，甚至亲自去图书馆帮你借阅。

他和蔼可亲，助人为乐，谁都喜欢接近他。平时我们都叫他“阿亨”，有人跟他开玩笑，故意叫他“亨棺材”，因为他的名字很像棺材店的名字，他居然也不生气，依然笑眯眯的。

当时已出版的世界文学史著作，内容都不提亚洲、非洲、拉丁美洲的文学，因为没人下过功夫研究，自然不了解这些地区的文学创作状况，在新华书店里也找不到亚非拉文学作品。然而王寿亨读过许多外文原版书，竟不声不响地出版了一本《亚非拉文学史》，怎不令人刮目相看？

“文化大革命”爆发后，我俩一起被下放到五七干校，即去江苏黄海海滨一个荒滩上劳动，为三个月后即将来到的大部队“粮草先行”。

为了充分准备炊事用的燃料，我们天天在齐腰高的茅草丛中挥着镰刀割草，腰酸背痛，直到茅草捆堆成两座小山才作罢。然后开沟挖渠，将大丰干河的水引到我们驻地。冬天雨后土地泥泞，我只有脚上穿的破跑鞋，不免弄湿，脚都冻麻木了。寿亨见状十分同情，主动将他的一双矮帮胶鞋送给我，他穿另一双半高帮胶鞋，真叫我感激不尽。

一年多以后，我俩从干校返回学校，一度我也被安排在资料室工作，曾与他合编过一本文艺理论资料，我负责选材，他负责抄写并校对，经领导审阅批准，送到校办印刷厂铅印出来，颇受大家欢迎。由于寿亨门门精通，许多人找他合编资料，诸如《中国学术名著大词典》《中国词学大辞典》《中国古代曲体文学格律研究》等，最后一本还荣获高等学校科学研究优秀成果奖。

我恢复教职后，依然与寿亨保持密切联系，有事没事常会去资料室跟他聊天，无所不谈。人生得一知己足矣，寿亨就是这样难得的知心朋友。《晏子春秋》有句云“衣莫若新，人莫若故”，说得一点不错，毕竟还是像寿亨这样的老朋友最可靠。

泪痕斑斑的小枕芯

五年前春节返沪过年，我发现在除夕晚上，很多人家的年夜饭都订在餐厅，甚至因为保姆们都回乡下团聚去了，有些人家干脆全家搬进旅馆，或出外旅游，躲掉拜年，贪得个清闲。日子富裕了，这种情况是难以避免的。那时候，我一人待在儿子家，清理从华东师范大学的家里搬出来的杂物。在那堆乱七八糟的信件和剪报中，我突然摸到一只旧的大袋，里面有一件软软的东西。这是什么呢？时间的流逝早已抹去了我对它的记忆，掏出来一看，是一只又黄又旧的小枕芯，上面满是泪迹。这只枕芯上的泪迹原先是一个连一个的黄黄的斑痕，现在已蜕变成褐色的，像是一张长满天花的小脸。我感觉像是被蛇咬了一口，赶紧将它扔进垃圾袋，却止不住被蛇咬伤的心淌血……

那是一九七一年的秋季，外子以尖刀连战士身份，去江苏海滨大丰五七干校开垦一年半，被调回学校以后，就该轮到我去干校了。但我们两个的孩子，一个七岁，刚上小学，一个才两岁；我俩双亲都已过世，他一个男人怎么带这么小的两个男孩？狠狠心，小的一个刚够上全托班的年龄，就送托儿所去吧。

华东师范大学托儿所是办得比较好的，分半托和全托两种，半托的孩子家长下班接走后，余下的孩子就在托儿所过夜，待到星期六下午才被接回家。工作人员大多是职工家属，知根知底，有责任心。托儿所就在我家筒子楼的后边，站在位于四楼的我家窗口，幼儿出来游玩的平台，甚至教室的玻璃窗都望得一清二楚。我们把小儿子送进半托班，每天听到他跟所有的孩子一样，跟父母告别时总讲："早点来接我！"有时也看到校园里的他们在老师的带领下，排成一长列，一个拖着前一个别在身上的手绢，很有秩序地一边唱一边玩耍，倒也是一道特别的风景。他即使看到我们，也不会离开队伍奔出来，知道该遵守纪律。有这样半托一年多的根基，全托应该没什么问题吧！于是我奔赴大丰干校，外子一边上班，一边带大儿子，每天还躲在窗边观看小儿子在户外平台上的表现。

望多了，外子发现小家伙不像半托时那么活泼，他在户外平台活动时，不跑也不追，总是呆呆地站在一根柱子旁望着什么。他在望什么？原来他就在望我家的窗口。于是外子严厉地告诉大儿子：“不许站在窗口，不许跟弟弟招手，不许伸头让他看到你。否则打屁股！”有了这三大纪律，哥哥是不敢了，小弟却还是每天那么站着望着。都快半年了，没有丝毫改变。每个星期一送他去托儿所时，他总紧紧抱住爸爸的腿，眼泪鼻涕糊了一裤腿。阿姨、老师们都说：“别人家的孩子全托，哭哭闹闹顶多一个月也就习惯了，你们家孩子怎么还不习惯？一到平台活动，就像根石柱子钉在那儿望。问他干什么，他说在望自己的家。”看来我家这风水真不好！

一天早上，外子去托儿所送咳嗽药水，迎面就看到小儿子坐在痰盂上，小家伙的反应可比老家伙快得多，立马奔过来紧紧抱住爸爸的大腿，嵌在屁股上的痰盂也没往下掉，只是屎尿顺着小裤管往下淌。阿姨过来掰下了痰盂，他的小屁股上还留着深深的一圈红印。小儿子这时趁人不备，用他的小牙齿紧紧咬住爸爸的裤腿。硬掰开怕伤了牙，阿姨也没辙了，只说这孩子平时别看他静静的，脾气可倔了。这不就像他妈吗？想着想着，外子拍拍半身屎尿的小儿子，答应道："从今天起你就半托，我下班一定来接你回家，以后再不全托了。现在你松开牙齿，你知道爸爸从来不骗你，说话算数！来，我们勾手指，一百年不许变。"

我回家休假，才知道倔小弟的战斗记，不禁问外子："你们爷儿三个是怎么混的？你信上怎么半字未提？""好混！晚上万一教研组开会，我就把小弟带着，告诫他不许出声、不许乱动、不许爬下我的腿。他居然像泥塑菩萨那样不哭不动，最后睡着在我怀里，同事们都称赞他乖。""你怎么下决心接回来的？"他丢给我一只黄黄的小枕头芯，上面泪痕斑斑。"我接他回来拆洗他的枕头套和被子，发现了这个，他告诉我托儿所每天很早上床（大约是七点半到八点，幼儿早睡对健康是有利的），但他不习惯，总会在黑暗中更想爸爸、妈妈和哥哥，每晚都哭着入睡的，这就是他的全托报告单。”我站起来搂了一下外子的肩膀和他肩上的小弟，默默地将这个小枕芯，封在一只旧的大袋里，再也没拆开，直到上次返沪。随即我将垃圾袋拴紧，是该丢掉这些东西了。今年在美国我们还是遵照吃年夜饭的惯例，在小儿子爽朗的笑声中，我不知怎的又想起那只丢掉的泪痕斑斑的小枕芯。

第一次上手术台

最近疝气越来越严重，医生诊断必须立即动手术。我从呱呱坠地至今七十余载，还是第一次上手术台，不免有些害怕。进手术室之前，护士照着本子逐条问了我二三十个问题，诸如过去有没有开过刀、有没有得过糖尿病、有没有心脏病等，我都照实回答“No（没有）”，答一次护士道一声“Good（好）”，我很得意。哪知道最后一个问题却是：“现在你要不要立遗嘱？”这下我愣住了：手术有这么严重吗？一股悲伤之情顿时涌上心头。幸好老伴就在身边，她赶紧靠近我耳边说，这只是例行公事走过场，别当真。

推进手术室，注入麻醉剂，一会儿我就不省人事。回到观察室，整整一个小时，我才苏醒过来，对刚才的事毫无所知，只觉得伤口硬硬的一块。老伴告诉我手术很成功，医生也来向我打招呼，我伸出右手紧紧握住医生的手，再三表示谢意。又观察了个把小时，医生、护士见情况良好，交代了一些注意事项，说好两周后复诊，就让我们打道回府了。

到了家里，就像信健妹妹发来的慰问信说的："脚翘翘，安心做几天老国王吧。这几天要少吃多餐，肚子饿让老臣为你炖个蛋，下几只小馄饨。早晚门口去走走。"她所谓的"老臣"，自然是指我的老伴。这个"老臣"还真是对我忠心耿耿，成天围着我转，一会儿叫我喝茶、吃水果，一会儿送来炖蛋或新熬的粥，还不断给敷在伤口上的冰袋加冰块，随时随地监督我的行动，严禁我偷偷下病榻打开电脑上网，连起来上厕所都必须由她扶着，生怕影响我的伤口愈合。

在家休养的这些日子，真是享尽亲情和友情。小儿子每天上班无法照顾我，便再三叮嘱老妈有事随时打电话给他，他可请假。刚从西班牙交流学校结业返美的孙女闻讯后，丢下行李急匆匆赶来看望我，她知道我喜欢吃活鱼，特地在自家的池塘里钓了几条带来，我看着鲜活乱跳的黄灿灿的鱼，深深被孙女的孝心所感动。接着是纽约的外甥女、杭州的侄女来电话慰问，前者还要登门看望，好不容易被老伴婉言谢绝；后者是医生，多次发电邮叮嘱我该注意哪些事情。朋友也纷纷来电话慰问，有的还寄来卡片。人世间种种情意温暖了我的心，我实在是有福之人！

远在上海的大儿子一家，更是不放心我这个老爷子，早在手术前大媳妇就曾执意要亲自来美照顾我，是我一再劝阻方才作罢，只得手术后不断来电话和电邮问长问短，还要我们雇个保姆，钱由他们负责。说实话，成天躺在病榻上除了看看书报，确实很无聊，以致特别想念活泼可爱的小孙子，于是我为他先后制了二十几个简易的儿歌字谜，仿佛他就坐在我的膝盖上，我念他猜，正是：平生难得躺病榻，闲来无事思稚孙，我制字谜他来解，是对是错总销魂。比如我念道：太阳有光月无光，月亮靠太阳照亮，太阳月亮轮流上班，白天太阳夜晚月亮。问他这是什么字，只见他托着腮帮认真思考了一番，大声回答：明。我摸摸他的头表示赞许，他很得意，便嚷道：“爷爷，我还要猜！”就这样似真似幻，尽管他在大洋东岸，我在大洋西岸，也能享受祖孙情。

这次手术总算平平安安过去了，我在向医生、护士、家人、亲友深致谢忱的同时，感到活得更有意义了。有这么多人关心我，我只有活得更好才是对大家最好的报答，何况我还有很多事要做呢！

亲朋字画多温馨

平日家居，室内装饰总该舒适、温馨一些，尤其是接待宾客最多的客厅，就更得用心布置一番，挂点字画当是少不了的。

许多人讲究名家字画，不惜重金买来装潢，以为颇显示出主人身份高贵，然而熟悉内情的人，却看出与其实际为人并不相配。窃以为俗气，这倒不是否定那些名家字画，而是指悬挂者的心态。

我家客厅里也挂了几幅字画，均非出自名家之手，而是有这方面修养和特长的亲朋好友之作。我把它们当作无价之宝，每于读书、写作疲累之时，起身细细欣赏这些佳作，别有一番滋味在心头，于是重又振作精神认真阅读和写作。

姐夫高厚永系民族音乐学家，写得一手好字，自成一格，许多人都向他求墨宝。他送给我们一幅中堂，上书著名元曲作家马致远的散曲《天净沙·秋思》，草体，龙飞凤舞，极其洒脱。

这首散曲句法别致，“枯藤老树昏鸦，小桥流水人家，古道西风瘦马”，连叠九个名词不着一动词，言简意赅，在读者面前展现出由九种景物构成的秋野夕照图，最后一句“夕阳西下，断肠人在天涯”点出主题，流落天涯的游子思乡之愁楚毕露无遗。再加之姐夫神来之笔的铺垫点染，每次欣赏更勾起我的无限乡愁。

客厅里还挂着一对条幅，是教会里的朋友以勒送给我们的一副嵌名联，即用我和老伴的名字撰成：“仁爱喜乐乃千禧年信念，济世益人作新天地子民”。可谓对仗工整、寓意深刻，书法也极其雅致、大方。每次读它都令我深思一番，促我不断检视自己，从而增添了积极向上的力量。

前不久，同一老人日托中心的业余画家程广森先生，赠送我们一幅大型彩墨画《山乡人家》。画面视野开阔，连绵的山脚下、大河边，村舍鳞次栉比，河中小舟满载而归，夹岸桃花怒放，岸边三两人似在迎接，洋溢着勃勃的生活气息。画家笔情恣肆，敷色匀净而细腻，淋漓洒脱，神韵尽致。如此佳作悬挂家中，真令蓬荜生辉。我常边品茗边品鉴，总有一种甜美、旷远之感，倍觉温馨，身心俱爽。

我的书柜里还放着另外一些朋友赠送的书法作品，可惜家中空间太小，无法全都挂出来。如老同窗鼎三兄励志的条幅，已谢世的段可之伯伯抄写的圣经金句，都非常珍贵，我有空时会翻出来捧读再三，正是故人情意在，愚钝思虑深，一辈子受用不完。

两个自闭症儿的母亲

——从不放弃的母亲

我早认识了晞盈。她一对年幼的女儿很可爱，后来她又生了一个儿子。正当朋友们为她欢欣时却传来坏消息，她二女儿被诊断为自闭儿。两年后又得知，儿子也是自闭儿。天啊，这一家出了两个自闭儿，我不由替她担心。

我的恐惧心理来自一位祖国朋友的遭遇。他是编辑，妻子也是知识分子，却有一个自闭儿。有一次，他妻子带四岁的孩子来上海我们家玩，孩子居然站在沙发上小便，孩子妈妈拖不动，孩子嘴里一个劲儿地喊："不！不！"场面十分尴尬。我来美国两三年后，那位朋友因长期操劳又抑郁，患了肝癌，从发现到死亡不过半年；妻子不堪打击，眼见孩子长大却不能上学，觉得独个挑不起养育重担，精神产生了问题。一个家庭就遭遇了这样的不幸。

二十多年来，我从晞盈身上看到了完全不同的故事。众所周知，在美国，六十八个儿童中就有一个自闭儿，加上受拖累的父母，影响面确实不小。我想介绍这位母亲的事情，让大家对自闭症有更多了解。

高级知识分子难接受事实

晞盈清楚记得，那是一个夏末燠热的日子——一九九九年九月十三日，新生儿尚未满月。她的目光却没凝聚在孩子的身上，只知捕捉先生从医院回家泊车的声音。先生终于进了屋，什么也没说，这种沉默让她感到无比沉重。她问他，专家对二女儿的诊断如何，他只丢给她一张纸——“autism（自闭症）”的字样像黑魔的爪子跌进她的眼窝，抠掉了眼珠，顿时一片漆黑！

一个阳光、聪慧的孩子，怎可能是自闭儿？她不能接受，一定是医生误诊，她在电话中与医生争辩。但冷静下来后，她又上网去搜查：是的，二女儿是自闭儿。只是由于母亲的自尊和对自闭症的无知，造成的忽视耽误了二女儿。

二女儿一岁时，是个很会笑的花儿似的孩子，已懂得跟人交流，会讲一些话。但慢慢有了变化：话少了，逐渐遗忘一些已经掌握的词汇，老在那儿晃动自己，喜欢待在一个固定的认定属于自己的地方，很安静，不缠人，不会向妈妈提出什么要求。当时晞盈还庆幸有一个宁静的小天使。女儿也不在乎妈妈在不在家，一心独自玩拼版，拼完了倒出来，不断重复做同样的事。对别人的建议，她总是说“No!”，拒绝合作、交流。小孩很挑食，也难控制自己的情绪和行动……这种种迹象，早已表现出自闭症的症状，可是直至她语言障碍越来越严重，才引起妈妈的注意。

晞盈当时认为，先生和她都是加利福尼亚大学毕业的博士生，她的专业就是遗传基因学，先生更是天才儿童，十五岁上北大，二十三岁博士生毕业，这么好的基因，哪会生出什么自闭儿？其实自闭儿大都是由遗传基因引起，过去对自闭症极其缺乏认识，所以家族史中有自闭儿，却茫然不知晓。最近研究报告又说：妇女怀孕初期感染生殖器疱疹，生下自闭症儿的风险可能增加一倍。

自闭症是一种脑部疾病，就像糖尿病、高血压、癌症，可以经过治疗控制病情，虽很少能完全康复，但患者可以像正常人一样上学工作，终身与病和平共处。问题是大部分家长忽视、否认，没能给予及时治疗。自闭症越早治疗（最好在五岁前），越容易去除障碍，脑部越易恢复，效果越好。

一位也有自闭症男孩的朋友，早在半年前就提醒晞盈，据她观察，晞盈家两岁半的二女儿可能患有自闭症。但晞盈难以相信她会得到这不到百分之二的“中奖”机会，因为百分之八十的自闭儿是男孩，而在自闭女孩中，百分之九十有智障，她的二女儿智商不低，故而她不相信。只是为了在生老三之前求得心安，她决定还是带女儿去诊断。

为求得一张看自闭症的转诊书和候诊，就花去了半年多时间，HMO（健康保护组织，美国）的医生不肯马上给她小儿神经科的转诊书，只叫她女儿先去做“语言评估”。语言治疗师发现，一个快三岁的孩子却只有九个月孩子的语言水平，并且有许多表现跟自闭儿很像，立刻建议她去看小儿神经科医生。好不容易拿到所需要的转诊单，候诊排队还需几个月，晞盈每三天打电话问有无患者取消候诊，最后还是在她生老三坐月子时，先生带女儿去看专家，女儿三岁了才确诊为自闭症。

为医治孩子，她不放弃不妥协

急白了头的晞盈，撑着睡眠严重不足的身体，将自闭症诊断书交给学区看，他们却不承认她的女儿有自闭症，只说她有语言障碍（因为自闭症学校极其昂贵）。于是晞盈用录像机摄下女儿的行为、习惯，像因一点小事就大哭大闹无法安抚（tantrum），以及她的目光——空洞、视而不见等，以事实说明这孩子不单有语言障碍，种种症状证明她是自闭儿，需要进入自闭儿学校接受应用行为疗法（applied behavior analysis，简称 ABA）。那时有一个自闭儿学校还有一个空位，学区却不肯推荐。

于是她抓紧时间自己行动，辞去教职在家教育孩子，也请语言教师和 ABA 老师来家教学。同时她阅读法律书籍、文件，参加许多讲座。正好有一个讲座讲员是州政府特殊教育司长，听讲完毕，晞盈留下来，单独向她反映自己的二女儿已被诊断为自闭儿，自闭儿学校有一个空位，她申请入学的信，学区却迟迟不回，打电话也不予理睬。司长回答说，这种情况是违法的，父母可以去法院起诉。有了司长的支持，她就先写好状子，在投邮之前还是决定先将它放在总学区校长的桌上，并声明："以前你们不理我，现在特殊教育司长叫我告你们，假如上法庭你们一定输，是否想跟我面谈？要知道我决不放弃、决不妥协！"结果法庭不用上就解决了问题。

因为学区的拖延，自闭儿学校的空位已经没有了，学区叫她等一个学期。她坚决地回答："对不起！我的女儿不能等。你们给她一个家庭方案吧。"于是学区按她的个人教育计划（individualized education program，简称IEP）在她家开办一个ABA学习班，给二女儿每周二十五个小时的ABA治疗。晞盈又争取了每周两个半小时的语言治疗，这样在一周的五天中每天都有五个半小时一对一的学习，周末包括六岁的老大和他们夫妇三人做老师，按照IEP教二女儿。另外她又训练了一些大学生，按十美元一小时（这报酬在近二十年前不低），请他们当老师，来家根据IEP课本一对一地教孩子。这种强化的应用行为疗法和语言治疗，每周四十小时，孩子进步明显，这对于家长来说是极大的安慰。二女儿在四岁时进了学前自闭儿学校。

晞盈的二女儿进的是新泽西州的道格拉斯发育障碍中心（Douglass Developmental Disability Center，简称 DDDC），是私立的，在自闭儿教育方面地位颇高，学费也相当昂贵，对于一般家庭来说真难于负担，但只要被批准入学，学费就由学区支付。

因为晞盈的专业是遗传工程，她知道下一胎很可能还会患自闭症。果然老三在一岁多时就有严重语言障碍，晞盈就自费送他去“伊甸娃娃屋”（Eden Wawa House）进行语言治疗。一般孩子九个月大就应该会“指认”（point）他所看到和学过认识的东西。指认是正常儿童智力发展的一个重要指标，而当时已经二十个月大的老三却不会指认。二十一个月大进入州政府的“早期治疗”（early intervention）项目，两岁被确诊为自闭儿，他比姐姐幸运，三岁时也进入 DDDC。普林斯顿还有一所自闭儿学校——普林斯顿儿童发展研究所（Princeton Child Development Institute，简称 PCDI）也很有名，晞盈过去请的第一个 ABA 教师就是从 PCDI 来的。听说其他国家的富贵人家的儿孙中有自闭儿的，家长不怕花多少钱，争着将他们送来新泽西州和加利福尼亚州，就因为这两州有最好的自闭儿学校。晞盈不放弃征战，使两个自闭儿都入了DDDC，得到了治疗。

从这些特殊残障儿学校毕业，他们就进入正常小学，每个人都有一位助理整天陪着，上课坐在旁边，教他们，鼓励他们与教师、同学交流，参与一切活动。这些助理是专业的，费用很贵，但批准了就由学区付费。因此家长年年要征战，为他们争取助理。三四年后，孩子成长了，可以两个学生合请一个助理。等小学毕业，晞盈的孩子就不需要助理，上了正常中学。

翻转病情，培育优秀子女

晞盈多年辛劳结成硕果，经过家庭和自闭儿中心的强化教育和治疗，她的两个孩子都进入普通小学和中学，能与人交流，智力发展正常，也独立。

二女儿现已二十岁，是某学院的高班生，去年独自去北京大学做交换学生，今年又在匈牙利做交换学生，爱好旅行，学语言的能力强。如今谁还能在这阳光、能干女孩的身上，看到当年自闭症的影子？老三如今十七岁了，高中的高班生，正在申请大学。在相当于SAT（学术能力评估测试）的ACT（美国大学入学考试）中他得了满分，喜欢打高尔夫球，还会演奏四种乐器，喜欢研究科学，去年暑期在罗格斯大学举办的伽文纳中学，和人合作完成了一篇有关应用计算机控制游戏的研究论文。

顺便说两句他俩的大姐。在教育自闭儿的同时，晞盈没有忽略这个幼时害羞的女孩。训练和鼓励使她后来成为新泽西州高中辩论赛的冠军，SAT测验获得满分，还是很多课外活动的队长，因而被哈佛大学录取。她是弟弟妹妹的榜样，而不是压力。

晞盈认为重要的硕果不单是两个自闭儿的成长，而是在孩子成长过程中得到很多人的帮助，他们如同天使，鼓励、安慰、提醒，帮带孩子，传递信息……取之于社会，就要回馈社会，于是，二〇〇四年九月十三日，非赢利机构“华人自闭症关怀中心”在教会成立了，通过办讲座，帮助家长了解自闭儿的需要，以及有效的治疗方法，如应用行为疗法（ABA）；提供各种数据帮助设计“个人教育计划”；告知家长患儿拥有的权益和福利；提供教材样本；训练家长成为孩子最好的辩护士，增进大众对自闭症的认识；呼吁有效的支持，等等。

华人自闭症关怀中心成立多年，很多自闭儿及家长得到了其帮助、辅导。晞盈唯一的希望是有更多家长，能返回来做义工回馈社会，让更多人能及早注意到自闭儿的症状，争取华人社会更多的关怀、参与和帮助。

第三章

人生今古多感慨

还愿树

庄园的中间路旁，长着一棵高达两丈多、枝叶繁茂的大树，漂亮极了，我赶紧拍下它的倩影。老花匠写下它的名字“Zulkolva”，他告诉我，原庄园主是天主教徒，常跟朋友们手拉手，围着这棵树唱圣诗、祷告、许愿，祈求圣母能按所求赐福，因此叫它“还愿树”，倒也挺贴切。

二十五年前，这棵还愿树买来种下时，才二十五岁，已近一丈高。冬天伴着圣诞歌曲，大雪纷飞中朱背啄花鸟欢乐在枝头。春天一到，会唱十一种调子的蓝脚鲣鸟，总是以它的歌喉盖过喜鹊和云雀。夏天群鸟停了歌喉，栖息在树枝中，让蝉儿也有机会表演。秋天却是树根部耐了大半年的秋虫乐团大合唱。还愿树周遭总是热闹非凡。主人威廉和露丝最爱这棵树，常常肩并着肩，或背靠着背，在树下的草地上坐几个小时，相看两不厌。他们虽然没有后嗣，却毫无遗憾。幸福的人日子过得飞快，十年就这样过去了。

还愿树也在十年中往上蹿出了丈把高。在一个暴风雨的夜晚，闪电似利剑，不但突然将天空一劈为二，也将还愿树背部削去三分之一，其剩下的躯干在隆隆雷声和倾盆大雨中颤抖、挣扎。

花匠和威廉夫妇商讨如何处理这棵树，它的身躯倾斜，残败的枝叶像一把破扫帚拖到了地上。砍了吧，这是主人双双的意见。而花匠认为，这棵树的生命力极强，不妨试试调些水泥，灌进被雷击坏的树干留下的空洞中，靠水泥凝固的力量，先将树撑起来，说不定它自身能产生疗伤的能力。那就试试吧。

谁能想到不过年把，还愿树动员全身能量流出的亲情液，把水泥紧紧裹起来，像是从来就长在一起似的。树干还在往上蹿，枝叶还是那么郁郁葱葱，百鸟依旧爱栖息在它的枝头，只是从背面看，才会发现它是被击伤又挺立起来的。也正因为这样，它格外英姿秀美，朝气蓬勃。

可惜在还愿树疗伤的过程中，不知不觉树下没有了紧紧拥抱的身影。起先花匠和还愿树都以为他俩是怕目睹它的惨状，时间长了，树恢复了，情却难以回复。威廉花了大价钱筑起的遛马场，不见一匹马，更不见露丝的身影——她最爱骑马的。威廉有的是钱，不是买不起马，而是属于大自然的还愿树能疗伤，钱财却不能疗情伤。就在谁也不知内情的情况下，他俩离了婚，庄园分给了露丝。她独自住在偌大的华屋里，冬天静静聆听鹅毛大雪轻轻覆下，秋天竖起耳朵捕捉墙根的虫鸣。她没有再到还愿树下，直到十年后再也忍受不了这里的寂静，将庄园退还威廉，得了一笔钱离开了庄园。路经还愿树，十年来她第一次下车伫立片刻，接着头也不回地离开了。

威廉又在这华屋里住了五年，添置了很多有关骏马的装饰，最后仍只带了一些衣物、照片等个人用品，离开了这被售出的庄园，留下了空空的遛马场和满屋骏马的饰品，并不是因为他破产，而是因为他也耐不住寂寞。他没有像露丝那样路经还愿树时下车，而是飞也似的开车走了，只想把一切记忆抛在这里。

花匠没有出来跟一起生活了二十五年的主人告别，他默默地望着已经五十岁的还愿树，祝愿威廉能在余下不多的岁月中，找到亲情，疗愈伤痛。

鹿爷和咱们两家

搬进现今的家已经二十年，和鹿爷家的友谊也有这么久了。那年儿子一家住在附近，孙子七岁、孙女四岁，双休日儿媳妇经常将他俩送来我家，周六晚住过夜，周日随我们去教会，下午我给他们上中文课。

那时落地玻璃窗外面就是后院，有一小片林子，鹿儿经常出没其间，还有野兔、獾、狐狸、鸟雀作伴，是孩子们最爱的场所。我们禁止他们进入林子，一是因它系后邻私产，不属于小区范围，二是怕他们被鹿虱子咬。但他们一下就认准了最要好的朋友，那是一雄一雌年轻漂亮的鹿，头上的角还是直直的，没有分叉，皮肤光滑发亮，总是相伴而行，每次几乎都出现在同一条属于它俩的小径上，优哉游哉。孩子们会用小拳头击打落地玻璃窗门，想引起它们注意，它们却似乎清楚这么远的距离，伤害不到自己，只挺起脖子望两眼，照常走自己的路。

第二年的圣诞节，我们用彩灯和彩球挂在落地窗门上，玻璃的反射使一切格外灿烂温馨。孩子们透过玻璃门窥视到外面的“挚友”又踏雪造访，不过变成了两大两小。天气这么冷，打头的是鹿爸爸，气定神闲地举步，一边走一边啃着路边的树皮或迎春花的枝条，啃两口就走，似乎只是给后面的做示范——这是可以吃的。两只小鹿跟在鹿爸爸的后面，跌跌撞撞又东张西望，鹿妈妈走在最后压阵。孩子们吵着要出去丢青菜、胡萝卜给它们吃，怕它们饿死冻死。“不会的！鹿爸爸鹿妈妈知道怎样保护孩子。你们一丢反而会把它们吓跑。”

第三年的春天，两只小鹿果然又出现了，它们已经无需父母的陪伴，可以自己到处溜达了。它们从后院跑到前园，啃光了我家两株玫瑰花，还留下了自己的足印。但孩子们说，这是可以原谅的，它们那么漂亮，身上还有白的花纹，总得显摆显摆，也就可能闯点祸。

到这支队伍发展到六个成员时，次序还是老的打头阵，幼的夹中间，年轻的垫后护卫。鹿爷爷头上的角早已分叉，像戴了钢盔，皮色更深，步履还是十分稳健，而且总是循规蹈矩走这条小径，似乎格外钟情于它与老伴当初的情径，从不像它的子孙爱伤害庄稼，“打家劫舍”。后来，我们家因儿子买了豪宅搬到山上，距离远了，孙儿们便不常来了。进了中学以后，他们更不肯学中文，都是满口的英语，跟他们交流起来渐渐困难了。

“桑迪”① 飓风光顾新泽西州以后，后面的人家在一天内将大树全砍倒，因已有不少树在这场灾祸中倒下，剩下稀稀拉拉不到二十棵小树，小林便成了稀毛癞痢，小动物也都“大逃亡”，很少再听到鸟鸣、看到兔窜。只有鹿爷爷这家坚持“祖训”，即使大雪纷飞的日子，它们还是八个十个地行进在这条小径上，一步步艰难地挪动、觅食。因此我每年冬天要为它们拍摄一张全家照：在风雪中鹿爷爷和 X 代的合影。

再后来，山上的豪宅因主人离异，而孩子都去了

① 飓风“桑迪”，是二〇〇二年形成于大西洋洋面上的一级飓风，造成包括美国在内的多个国家、地区的大量财产损失和人员伤亡。

外州工作和读书，成了“空巢”。剩下我们两老不时倚门望着鹿爷爷一家，甜蜜地回忆着当年孙儿跟我们一同观看鹿爷爷一家散步，以及大被同眠，听讲故事的年月。

护花使者

二十年前搬至新购置的城区住宅，看到门前花坛里前房主栽种的杜鹃、水仙，非常欣喜。前半生没自己的房子，也没地方可种花，只有在破脸盆里种月季，这下可得好好显身手。那时虽为买房节衣缩食，还是割肉似的花了二十多美元买了两株玫瑰种下，还特地在挖好的穴中浇上半瓶豆油。

玫瑰懂人疼爱它的心意，第二年六月就开花报答：一株是粉红的，花心呈金黄色；另一株是洋红的，每株开花三四朵，朵儿虽比较小，却是亭亭玉立，大增喜气，为此我还特别拍照留念。

第三年夏天它们又如期绽放，又艳又傲，有它们在门口站岗，房价都得涨一成。谁知一夜过去，玫瑰仙子遽然遁形，枝头全光秃秃的，我心疼得差点昏过去。到底出了什么事？和老伴做了种种猜想，最后认定是隔壁小子，带了女朋友出出进进，顺手牵羊，摘花献殷勤。这下我马上怒气冲冲打电话给小区管理委员会，向他们申诉：谁这么缺德偷人家辛辛苦苦种出来的玫瑰？小区治安不好，我们新住户怎能安心？因证据不足，自然不敢指认是谁犯的，但确是用了“steal（偷）”这个词。小区管理委员会的人倒是态度很好，没怪我们大惊小怪，只是提醒小区附近鹿很多，会不会是它们作的案。

这下醍醐灌顶，看看花朵都在枝头顶端就齐齐消失，要是人偷的话，总得剪长些，才能送人养起来。幡然醒悟，顿觉汗颜。

二十年过去，我们两老都退休了，这下更有时间服侍玫瑰女士。每年剪枝施肥不谈，还到处打听独家秘方：把香蕉皮剪成小块，埋下；又荤素轮流上，不是过期的牛奶、忘记喝的肉汤，就是豆浆、嫩豆腐，结果把苍蝇都引来了。不成，不成！秘方不管用，防虫更要紧！金龟子直钻花心，甚至一朵花蕊里藏四个，用农药不如用剪刀爽：傍晚时分，候在花旁直接用剪刀砍头斩尾，真解气。即使烈日下长出痱子，只要玫瑰花团锦簇，也不感到痱子痒了。至于杜鹃、水仙，因为不是嫡亲儿女，有个虫咬、肥不足，也就顾不上了。

虫子好防，就是对那神出鬼没的啖花老手真是束手无策。它们好像也有侦察兵，当我们外出买东西，过一小时回家，“景秀河山”一下就变得残破不堪。于是有一年，我们在门口挂上红旗，风一吹，红旗猎猎似火焰，倒是吓住了它们，但也吓到了自己，想想总不能年年红旗飘飘，这样不被美国 FBI（联邦调查局）当作间谍才怪！于是改用彩色风扇，有点像美国国旗的颜色：红、蓝、白相间，风一吹，呼呼作响，闪闪发光。可是毕竟是美国本土的鹿，它们认识美国国旗，知道国旗有保护作用，所以风扇虽转得起劲，鹿儿仍照吃不误，毫不惧怕！

今年的玫瑰长得特别好，花儿绽开有手掌心那么大！我俩想在父亲节跟玫瑰宝贝拍两张照，传给儿孙们看看，多有成就感！谁料父亲节前夜鹿儿又来聚餐，大啖一番，二十多朵玫瑰连花瓣都没剩一片。惹得我这个护花使者感叹不已，抓不得又吓不走，只有写篇文章出出气，否则还不憋死？呜呼！

花丛中的宴会

春暖花开，红、白、蓝、黄、紫，香飘飘色艳艳，吸引无数昆虫追逐飞舞，都把春天当作最美好的节日。花儿以香味向昆虫们散发邀宴的信息，以花粉和花蜜提供丰盛的大餐，让它们垂涎欲滴。

蜜蜂先登场。蝴蝶随即赶到，招呼道："蜂哥好！"蜜蜂回过头来笑眯眯地说："蝶妹，你怎么喊我'哥'？其实我们来采蜜的工蜂都是姐妹。"

"那就喊你蜂姐吧！"蝴蝶立即改口。"这还差不多。"于是彼此对舞了一下，同声感谢花哥、花姐的邀请，便各自落脚于一朵花上。

无论什么颜色的花，蝴蝶都喜欢。她的腿特别纤细，轻轻停在花瓣间就像拨弄琴弦一样，边拨弄边吸食花蜜，同时将花粉撒来撒去。一会儿它又飞到另外一朵花上，把脚上、身上的花粉跟这朵花上的花粉混合在一起。它只吸食花蜜，不会吃花粉。

在各色鲜花盛开的花丛里，蜜蜂尤其喜欢落在蓝色和黄色的花朵上。她全身密密麻麻的细毛能吸附花粉。后腿像刷子，可以把附在身上的花粉，刷到身体后面集中在一起。它飞到另外的花朵上，花粉就撒落在新的花儿上。它采够了花粉，吸足了花蜜，就会飞回窝里酿蜂蜜。

各色各样的昆虫越聚越多。这时，突然冲过来一只金龟子，全身披着铜绿色盔甲，谁也不搭理，只一头埋进花朵里，野蛮而又贪婪地吸食花蜜，折磨得花儿疼痛不堪，怪不得大家都叫它“瞎了碰”!

紧接着，主人发表讲话了。花哥先说：“承蒙各位来赴宴，我们有供应不完的花粉和花蜜，请尽情享用。你们没有白吃，正是你们为我和花姐成亲做了大媒，蜂妹、蝶妹就是我俩的红娘，我们感激不尽！”

“好啊，原来我们都是来吃喜酒的。祝贺花哥、花姐百年好合！”蜜蜂忍不住心头的喜悦，插了这么一句。大家都频频点头跟着贺喜。

花姐补充道：“不过，对于金龟子这类不速之客，我们是绝对不欢迎的，他是鬼子，是侵略者，我们不得不下逐客令！”

捧着一杯蜂蜜茶、正在花丛边欣赏花儿的老伯伯，一眼看到盔甲闪闪发光的金龟子，赶紧走过去掐死了它，可惜被它糟蹋的花朵已经谢掉了。老伯伯不禁感慨道：“你们这些昆虫，要是都像蜜蜂一样成为我们人类的朋友，该多好啊！唯有它为人类生产食品——蜂蜜，还帮助传布花粉，让农作物生生不息，我们离不开它啊！”

生死相许，人不如雁

早年读“问世间，情为何物？直教生死相许”这句话，以为意在赞叹男女殉情；后来古诗词读多了方才知道，此话出自元好问的《摸鱼儿·雁丘词》，原意乃是惊讶、赞美大雁生死相许的忠贞和凄烈。

据该词题头小引所云：乙丑岁即一二〇五年，年方十六的作者奔赴并州应试，途中遇一捕雁者，说他看到空中一对比翼双飞的大雁，一只被他捕杀，另一只坠地殉情而死。作者闻之颇震撼，便买下这对雁，将它们合葬在汾水畔，为之垒石筑墓号曰“雁丘”，还特地填了这首词，老来又重加润饰方才定稿。词曰：

问世间，情为何物，直教生死相许？

天南地北双飞客，老翅几回寒暑。

欢乐趣，离别苦，就中更有痴儿女。
君应有语：渺万里层云，千山暮雪，
只影向谁去？

横汾路，寂寞当年箫鼓，荒烟依旧平楚。
招魂楚些何嗟及，山鬼暗啼风雨。
天也妒，未信与，莺儿燕子俱黄土。
千秋万古，为留待骚人，狂歌痛饮，
来访雁丘处。

震惊于大雁殉情的元好问，于词的上阕起句即开宗明义，发出旷古深沉的诘问：“世间情为何物”？“直教生死相许”则是掷地有声的回答。接着交代大雁殉情缘由：客观而言，自古以来大雁皆终生配对，一夫一妻，不管天南地北、寒来暑往均双飞双宿，终身一侣。从大雁自身感受来说，深知欢乐趣、离别苦，不忍孤单独徘徊，甘愿选择以死殉情。

下阕述诗人凭吊大雁的感受。眼看雁丘所在地寂寞、冷落、凄楚，昔日帝王曾来巡游，箫鼓喧天、山鸣谷应，而今却冷烟衰草、萧条冷漠。招魂不及，山鬼枉啼，诗人对大雁的哀悼和惋惜之情溢于言表。莺儿燕子死去俱黄土，人们谁还思念？而殉情大雁埋葬处却千秋万古有人踏访、凭吊，真叫天也嫉妒！这不就是对大雁殉情的最高礼赞吗？

元好问早在八百余年前就郑重指出，大雁生死相许远非人所及，确实应当礼赞。虽然社会在进步，实行一夫一妻制，实际上男女婚姻的圣洁越来越面对挑战，怨偶、弃妇屡见不鲜，包二奶、三奶、四奶，甚至十几个奶也无所谓。还有多少人再谈纯情？还有多少人再谈生死相许？往昔的山盟海誓、海枯石烂，早已飘逝得无影无踪。人不如雁，那句“禽兽不如”原本是骂人的话，倒是对这类人再好不过的真实写照。人作为灵长目高等动物，岂不应该向远比其低等的鸟类大雁“进化”？呜呼哀哉！

苏东坡肠断短松冈

每次读苏东坡的词《江城子·乙卯正月二十日夜记梦》，总被他对亡妻王弗痛彻肺腑的思念、爱怜、悲痛和凄怆深深打动，忍不住热泪盈眶。其实这首词我早就烂熟于心、倒背如流，可就是不敢默诵、冥想，否则更涕泗滂沱、不能自已。真有这么强烈的感染力吗？君若不信，不妨一读：

十年生死两茫茫。不思量，自难忘。
千里孤坟，无处话凄凉。
纵使相逢应不识，尘满面，鬓如霜。

夜来幽梦忽还乡，小轩窗，正梳妆。
相顾无言，唯有泪千行。
料得年年肠断处，明月夜，短松冈。

这首被公认为千古第一的悼亡词传诵至今，其文学价值弥久不衰。王弗出身进士家庭，苏东坡曾师事其父王方，他俩可算是师兄师妹。王弗十六岁嫁给十九岁的苏东坡，两人琴瑟相和，十分恩爱。她聪敏沉静、知书达理，侍奉父母和公婆皆以谨肃闻名，对丈夫特别注意与其来往的朋友，从他们的言行监察其思想和品质，提醒夫婿莫被奸邪谗佞之辈蒙骗。这样的贤内助去世，对苏东坡无疑是最沉重的打击。

该词虽云记梦，其实只有下阕头两句才是诉说梦中情景，余皆与梦无关。

上阕抒发对亡妻的深切思念。十年来阴阳相隔两茫茫，说不思念，却时时纠结在心，任职他乡，仍思念千里之外的孤坟，向谁倾诉无尽的凄凉？此刻即使夫妻相逢，也不见得能互相辨认，可知世事沧桑，我已满面风尘、鬓发如霜。

下阕首先记叙梦中与亡妻相见的情境，仿佛又看到她在窗前梳妆，两人相视无言，心意相通，千言万语化成千行泪。最后回归现实，逝者已去追不回，而那年年让我牵挂得肝肠寸断的地方，就是你的葬身之地，明月下的短松冈。

苏东坡曾作《亡妻王氏墓志铭》，文末悲呼“呜呼哀哉！”。情动于中发乎外，内心莫大沉痛已经到了溢于言表的地步，充分表现了东坡先生对王弗的深切怀念，堪与“记梦”词相辅相成、相得益彰。读者诸君如能熟读该墓志铭全文，一定有助于对记梦全词的理解。

黄娥诗碎杨慎心

话说明代著名才女黄娥，二十一岁时嫁给二婚的状元郎杨慎。两人均出身书香门第，父亲都是朝廷高官。黄娥才气逼人，工诗词，被誉为“才艺冠女班”“曲中李易安”；杨慎亦才情横溢，十一岁即能作诗，十三岁随父入京，为文轰动京华。

两人喜结连理，珠联璧合，志趣相投，婚后生活和谐美满。黄娥不嫌弃当填房，自比石榴花不与桃李争春，有诗为证：“朵朵如霞明照眼，晚凉相对更相宜。”夫妇俩兴致来时即填词作曲，吟诗论文，或你弹琴我鼓瑟，或挥洒彩墨绘画。但绝不沉溺于儿女情长之中，每每谈论国事，不免激发忧国忧民的情怀。

杨慎一度官至翰林院修撰、经筵讲官。不料婚后第六年，杨慎因在廷辩中仗义执言，激怒嘉靖皇帝，以致被捕，离开京城充军云南，永不得赦。黄娥携家人赶到天津，乘船一路护送夫婿，直至湖北江陵临江渡口两人方才分手。杨慎忍气吞声，即填词《临江仙·戍云南江陵别内》一阕赠爱妻，曰：“相看临远水，独自上孤舟。却羡多情沙上鸟，双飞双宿河洲。”

此情此景令黄娥更悲从中来，一连填了四首散曲《罗江怨·闺情》作答，还倾吐不尽胸中凄楚。无可奈何，杨慎继续被押往云南，黄娥则返回夫婿老家四川侍奉公婆。黄娥在《罗江怨》中抒离别情怀，曲云：

青山隐隐遮，行人去也，
羊肠鸟道几回折？
雁声不到，马蹄又怯，
恼人正是寒冬节。
长空孤鸟灭，平芜远树接，
倚楼人冷栏杆热。

真是字字血泪，如泣如诉。遥想“人冷栏杆热”，杨慎心痛如绞。

人世间最悲伤的莫过于生离死别，他俩自此整整分离三十年，连音信也难觅得。黄娥好不容易盼到杨慎家书，知他“辞家衣线绽，去国履痕穿”，不禁凄然泪下，立即秉笔填了四首散曲《黄莺儿》，第一首是：

积雨酿轻寒，看繁花树树残。
泥途江眼登临倦，
云山几盘，江流几湾，
天涯极目空肠断。
寄书难，无情征雁，
飞不到滇南。

杨慎见到此曲，把读再三，彼此的相思之深之痛，怎不肠断肝胆裂？感动之余试和三阕，总觉得无论意境或遣词均不及黄娥，羞愧难言。

五年生聚的幸福生活怎抵得上三十年分离的相思之苦？正是“相思离恨知多少，烦恼凄凉有万千”。黄娥度日如年，以泪磨墨写出一首又一首诗、词、曲，首首诗（撕）碎杨慎心。其中最为人传诵的当数七律《寄外》：

雁飞曾不到衡阳，锦字何由寄永昌？
三春花柳妾薄命，六诏风烟君断肠。
曰归曰归愁岁暮，其雨其雨怨朝阳。
相闻空有刀环约，何日金鸡下夜郎？

杨慎病死云南的噩耗传来，黄娥亲往奔丧，将遗体运回老家入殓安葬。黄娥七十一岁去世，家人按其心愿与夫婿合葬。这对才女和才子的苦恋从此凄然终结。

杨慎充军谱绝唱

中国第一部长篇历史章回小说《三国演义》，开卷词曰：

滚滚长江东逝水，浪花淘尽英雄。
是非成败转头空。
青山依旧在，几度夕阳红。

白发渔樵江渚上，惯看秋月春风。
一壶浊酒喜相逢。
古今多少事，都付笑谈中。

这首调寄《临江仙》的词，上阕纵观历史，看尽龙争虎斗，探索永恒的价值，彻悟千秋成败一场空；下阕看透世事，摒绝荣辱得失，寻觅深刻的人生哲理，驱尽世俗烦恼方旷达。似乎整部《三国演义》全都浓缩在这首词中，文字波涛汹涌，飞渡古今，气势逼人，慷慨悲壮，豪放中有含蓄，高亢中有深沉，读来回肠荡气。

不了解实情的人，一定以为此系原书所有，是作者罗贯中为《三国演义》量身定制的楔子、引言或开场白。殊不知，这首词原本与《三国演义》毫无关系，作者也绝非罗贯中。此词的真实作者是在罗贯中去世八十八年后才出生的杨慎。

杨慎出身书香门第，父亲官至吏部尚书、武英殿大学士。慎自幼聪慧，十一岁能诗，十二岁拟作《吊古战场文》《过秦论》，十三岁随父入京，所写《黄叶诗》轰动京华。二十四岁殿试第一，考中状元，授翰林院修撰，后又兼任经筵讲官，给明世宗上课。

杨慎为人正直、不畏权势，利用给皇帝讲书的机会，指出明世宗破例赦免该诛杀佞臣的死罪之不当，以致失欢于帝王。后又在“皇考”问题争论中坚决反对明世宗旨意，而被逮捕，两度遭廷杖，充军云南，且永不得赦。

杨慎戴着枷锁被押解到湖北江陵时，目睹一位渔夫和一位樵夫在江边悠闲地煮鱼、喝酒，望着滚滚江水谈笑风生。此情此景令杨慎感慨万千，联想到自己大起大落的人生，胸中诗情不禁波翻浪涌，不吐不快，便请押解他的兵士找来纸笔，写下了《临江仙》这首千古绝唱。

杨慎直至晚年，方才将这首词置于他撰写的《历代史略十段景词话》第三段《说秦汉》中，作为开场词。那么又怎么会变成《三国演义》的开卷词呢？原来，明末清初小说评点家毛纶、毛宗岗父子修订、评刻该书时，觉得杨慎的《临江仙》无论内涵、气势、意境抑或总体气氛，均与《三国演义》特别匹配，于是毅然移植到该书中，令人觉得天衣无缝。

从此，《临江仙》不仅是《三国演义》的开卷词，而且已成为根据它改编拍摄的同名电视剧的主题歌，家喻户晓，观众哪管其作者是谁。在此不能不指出，夫杨慎者，功不可没也！

志南一绝入诗史

志南何许人也？他是南宋的一个和尚，姓氏和名字均已不可考，志南系其法号，人称僧志南或释志南。他凭一首七绝竟然载入诗史，旷绝千古，传为文坛佳话。

兹将此诗移录如下，以飨读者：

古木荫中系短篷，杖藜扶我过桥东。
沾衣欲湿杏花雨，吹面不寒杨柳风。

看，小舟中一位老人，把船系在参天古树的浓荫下，欣然独自拄着拐杖，仿佛是拐杖扶着他，冉冉走过桥东，豁然别有一番景象，正是“等闲识得东风面，万紫千红总是春”。只见杏花盛开，杨柳吐青，绵绵细雨沾衣，夹杂着杏花的芬芳，袅袅春风拂面，伴着杨柳的清香，盎然的春天气息令人陶醉。作者将眼前的春景与内心的感受和盘托出，笔墨情趣淋漓尽致。

显然，后两句“沾衣欲湿杏花雨，吹面不寒杨柳风”为点睛传神之笔，当是全诗的诗眼。作者捕捉住春雨沾衣“欲湿而不湿”、春风吹面“似寒而不寒”的特点，开拓了意境，顿使形象清新活泼，跳动着春的脉搏，引人遐想。

志南与朱熹为同时代人，彼此过从甚密。许多诗话都记载着朱熹对志南的诗作十分赞赏，曾为他的诗卷写跋，云：“志南诗清丽有余，格力闲暇，无蔬笋气。……予深爱之。”所谓“蔬笋气”，即过于寡淡。

朱熹还把志南的诗卷推荐给友人袁梅岩，袁亦十分欣赏，有诗云：“上人解作风骚话，云谷书来特地夸。杨柳杏花风雨外，不知诗轴在谁家？”诗中所说“云谷”，原为朱熹书院所在地，这儿即指朱熹。

为此，志南曾作《接晦庵荐志南书有作》和《袁梅岩》两首诗，前一首是有感于朱熹的推荐，“晦庵”是朱熹的号；后一首系答谢袁梅岩。可惜二诗均佚。而今志南诗作仅存上述七绝一首。

一个和尚之所以能写出如此清丽脱俗的七绝，一方面与他乐于跟文人学士广泛交往有关，另一方面因他受长期生活环境的熏陶。明代著名诗人王恭有一首题为《赠武夷僧》的五律，虽非为志南所作，但志南也是武夷僧，诗中所述情景当与其生活境地一样，即："武夷山水好，潭影空禅心。挂衲云生石，翻经月照林。履行随竹静，钵洗向泉深。九江仙源里，惟闻钟磬音。"

顺便要指出的是，志南尽管终日"芒鞋踏破岭头云"，但他的诗绝无半点一般诗僧们身上常见的僧佛气、禅偈气，这也是难能可贵的。

第四章

异地风光眼底收

绿水青山抱歙县

早就知道古徽州府下辖六县之一的歙县（今属安徽省黄山市）是国家历史文化名城，是中国保存最完好的四大古城之一，山水秀丽、建筑古朴、民风淳厚，成了人们争相奔赴的旅游胜地。为此，明代戏剧家汤显祖曾感叹“一生痴绝处，无梦到徽州”；我却庆幸自己“一生奇绝处，读画到徽州”。

这得感谢好友程广森先生，新安画派传人、出生歙县的他，毕生精心画就千余幅彩墨画，淋漓尽致地展示了家乡的旖旎风光。他一幅幅拿给我欣赏，让我顿时觉得：人在画中游，景在眼前秀，仿佛入仙境，原来是徽州。每幅画均可以与实地景致印证。

山清水秀桃花源

歙县位于安徽省最南端，北倚黄山，始建于秦，系古徽州府治所在地，秀丽山水与古朴建筑交融。让我们先看看它山清水秀的一面。

在歙县境内，素有“东方多瑙河”之称的新安江，蜿蜒地穿过崇山峻岭，分成许多支流，流经不少乡镇，且与很多交错的河汊汇流。流经深渡镇有一段百里之长的景区，自然风光与古村落结合，历历可见高山林、中山茶、低山果、水中鱼，四季景色各异，似一幅流动的山水画卷，故被誉为“百里画廊”。

诗云“新安江水峻涟漪”，歙县子民都把新安江当作他们的母亲河。也是这条江，孕育了新安画派画家们特有的灵思和才艺。

全县二十八个乡镇大都被山岭和河流环抱，山水相依，很多地方只见青山不见田。比如绍濂乡与王村、石门、长陔等乡镇为邻，这一大片全都山环水绕，幽深难测，虽耳可闻鸟语，鼻可嗅花香，却不见人在哪里。

管你人在哪里，山自青青水自流。高山流水声似音乐，往下直泻形成一道道瀑布，十分壮观。尤其是瀑布从险峰上泻下来，在雾色苍茫中观看，更加妙不可言。

俗话说“三月桃花四月梨”，好山好水自然适合桃、李、梨的繁殖。每年三月，歙县必定桃吐丹霞，四月则梨吞白雪。素有“桃花源”之称的雄村乡桃花坝，这时候正是漫山遍野的美女在欢笑，引得游客争着摄影，实在令人陶醉。

粉墙黛瓦多古朴

再来看看歙县的另一面，即古朴建筑。这儿到处可见粉墙黛瓦的民居，墙头高高翘起像马头，所以称为马头墙。一幢幢错落有致，格局大体相同，内里雕刻精美，古朴典雅，充分显示了徽派文化特色。

人们喜欢依山傍水而居，许多人家的屋子后面倚着青山，前面就是一条河，石阶从门口一直铺到河边，长长的，一天不知要走多少次。

大多古村落都隐于山河之间，同一个村子往往有小河穿越，被分为东西或南北两部分，以致河上都架有便桥，河面宽的还筑有拱桥。小桥流水人家十分温馨，人们过着淳朴宁静的生活。

南屏村是个千年古村，所保存的明清古建筑最完好，粉墙黛瓦、青山绿水交相辉映，被誉为绝佳影视村，著名影片《卧虎藏龙》和《菊豆》就是在这里拍摄的。

山脚下大片草地上，牛儿在吃草或嬉戏，周围安静祥和。牧马场则一片欢腾，马儿本性活跃，生气勃勃。村里村外、山上山下，处处都是田园牧歌。人们日出而作、日落而息，颇满足于这种原始的生活。

廊桥水街古今情

歙县很多地方的河道上，为方便行人过河或避风雨、暂歇，都架着廊桥，即在桥上筑廊亭，两头为进出口，亭内走廊中间为通道，两旁备有长木凳供路人闲坐或商量事情。廊桥有单孔、双孔和多孔的；有砖、石、木结构，也有全木结构，后者占少数。

廊桥又分敞开式和封闭式两种，有墙的为封闭式。笔者只见过封闭式的廊桥，远远看过去就像花轿停在桥上，非常美观，令人遐思。廊桥确系桥梁与房屋珠联璧合之作。明代诗人柳祖康有诗云："独飞溪谷千余载，风雨侵蚀永不朽。为民为客休安过，天下惟有木廊桥。"

我在《清明上河图》中曾看到廊桥。在中国，廊桥已有两千多年的历史，盛行于北宋，虽然现在早已不再风行，但其历史意义和价值永存。

水街又是歙县一绝。许多村镇中间有一条河或溪流淌着，沿河或溪边建筑的街市，经过不断装饰，美景毕现，灯火辉煌，热闹非凡。倒映在水中，亮晶晶、静悄悄的，鱼虾们还以为是为它们建筑的水晶宫呢。

如此美丽、欢腾的水街，在宏村更加突出，别有一番景象。宏村地势较高，经过四百余年的精心打造，以水巧妙布局，使整个村落静卧在绿水青山之中，联合国专家赞其为“举世无双的小城镇水街景观”。

廊桥、水街历千古，将古人的情思与今人的敬仰联系在一起，所以说是“廊桥水街古今情”。

歙县的美景赏不尽，令我心旌摇荡，真是天地、山水、古今、人文的完美合一。在我身边做我导游的程广森先生，怎不为他的家乡感到无比地骄傲?

去新泽西州海滨高地休闲

——悠然垂钓乐趣多

笔者所在老人日托中心的一些工作人员，平日不辞辛劳地侍奉老人，周末休闲常携亲朋结伴驾车去新州海滨高地（Seaside Heights）垂钓，其乐无穷，惹得我这个老头儿心痒痒的，也想跟他们去凑热闹。

车抵海滨高地，泊车后步行于广阔的黄褐色沙滩，只见浩瀚的大西洋水天一色，晴空万里，碧波一望无际，白浪翻滚，海风习习，令人心旷神怡。一些女士忙着把一张床单铺在沙滩上，摆上供大家吃喝的饮料和食品，然后踩着松软的沙地，高一脚低一脚地赶去参加垂钓。哪知先到的人早就驾轻就熟地摆好阵势，此刻向水面望去，唯见“丝垂遥溅水，饵下暗通流”。

好吧，那就静心观察动静，“心与沧浪清”，“全忘是与非”。伙伴捧来一盆盆冰冻西瓜瓤，垂钓者慢慢吃，既解渴又解暑。反正鱼竿高高插在海边，不妨走开点，好谈天说地，鱼儿上钩必定挣扎，竿儿会动，再过去也不迟。

有趣的是，跟来的阿辉的孙女欣妍，是个刚满五岁的小不点儿，居然也学大人样在鱼钩上挂了诱饵，用尽力气抛向海洋，然后站着一动不动地在等待鱼儿上钩，全神贯注不搭理任何人。令人不禁想起唐代诗人胡令能的七绝《小儿垂钓》：“蓬头稚子学垂纶，侧坐莓台草映身。路人借问遥招手，怕将鱼惊不应人。”这儿除了须将“稚子”改为“稚女”、“侧坐莓台草映身”改为“伫立沙滩浪溅身”，其他就完全符合眼前的情景了。

来海滨垂钓或游玩的人很多，我们这一群还碰到一对老美父女，女儿年纪跟欣妍相仿，两人一见如故，便一同在沙滩上玩耍。这位父亲对华人十分友好，他对汉字极其好奇，比比画画问了许多问题。最后还征得阿辉同意，一个抱着孙女、一个抱着女儿笑眯眯地合影留念。

令欣妍失望的是，她的鱼钩抛得太近，始终没有鱼儿过来。倒是心不在焉在玩手机的小苏运道好，他的鱼竿突然倒下向前滑去，说明已有上钩的鱼儿在挣扎。小不点儿眼疾手快，马上奔过去边喊边拉住鱼竿，小苏这才跨步提起鱼竿，沉甸甸的，双手提出水面竟是一条不知名的大鱼。大家围过来观看，嘻嘻哈哈，阿辉便赶快跟小苏一起将鱼举起来拍照存档。

我们毕竟是凡人，不像姜子牙、柳宗元那样欲钓之物非鱼而是谜一样的“梦”，我们垂钓之意既在鱼更在乐趣。眼看夕阳西下，大半天过去，只有小苏一人收获最大，那么其他人呢？其实收获也不小，既轻松自在调适了心情，又寻得了垂钓的乐趣。临别之际，大家相约下次再来，并且说好增加钓螃蟹的节目。

海滨高地确实是休闲、消暑好去处，来去方便。海滨有多个停车场地，车至海滨只须交十美元泊车费，随你停到哪里或停到什么时候。这儿钓鱼无需执照，谁都可以来垂钓，也不限季节。除了广阔的沙滩，附近还有海边木栈道、游乐场、滑车、美食街和购物街，为大家钓鱼方便，还特地设有钓鱼用品商店。

杜鹃艳绝茱萸香

风和日丽，春意喧闹，谁不想出门踏青赏花？正好是周末，又恰逢母亲节，小儿子夫妇动议：驾车载我和老伴去参观新泽西州塞廷公园植物园（Sayen House and Gardens）。这个主意不错。

频频颔首的高大树木、阵阵扑鼻的花香，引领我们进入园区。“花枝到眼春相映”，“杜鹃枝上杜鹃啼”，一派鸟语花香、草木欣荣的景象。

塞廷公园植物园建于十九世纪，因此园中有许多百年以上的老树，高耸入云，张开的枝叶如同巨伞，树下可同时围坐数人，为游客遮阳。树下花坛里有无数高高低低的花卉：低的有色彩绚丽的薰衣草，一串串挂在枝上的灯笼花，还有白色的灯罩花；较高的灌木有丁香，淡紫色，花香浓郁。而那些高高的大树，枝头绽放的红色、紫色或白色的花，我不知其名，就不敢乱说了。

杜鹃枝上杜鹃啼

置身花丛中，只见杜鹃花一簇簇从巨石堆中探出头来，五彩缤纷：红得热烈，黄得明朗，蓝得沉静，白得纯真，紫得优雅，橙得激奋。红又有各式各样的红：大红、粉红、紫红、淡红、绛红、胭脂红等。还有白色花瓣镶着紫边、红色花瓣镶着白边的。就连叶片，也有小如茶叶、大若黄杨之分。

据说该园植有二十五万株以上的杜鹃和茱萸，可谓无处不见杜鹃，艳绝群芳，正如白居易诗所云："火树风来翻绛焰，琼枝日出晒红纱。回看桃李都无色，映得芙蓉不是花。"

杜鹃俗称映山红，"本是山头物，今为砌下芳"。生为炎黄子孙的我，哪怕在异国他乡赏杜鹃，也不免会想起一则传说：远古时代蜀地杜宇称帝，号曰望帝，以其功高禅位于鳖灵，后隐居西山修道，化为杜鹃鸟，因爱慕、思念鳖灵之妻，每到春天即啼叫不止，仿佛在呼唤佳人，啼血则为杜鹃花。传闻美则美矣，终不免有淡淡的忧伤。看看身边手牵手的一对对情侣、推着婴儿车的一双双夫妇、多不胜数的母子和母女，那么兴致勃勃地在赏花、摄影，我的情思显然与当下浪漫温馨的氛围很不协调。

茱萸自有芳

作为该园另一重要植物的茱萸，也是随处可见，似乎种类也很多，绽放的花红色、粉红色、玫瑰色、白色兼而有之，也许还有其他颜色，可一直开到盛夏。这么长的花期，其观赏价值远超过杜鹃，而且长得远比杜鹃高，毕竟属小乔木。曹植有诗云："茱萸自有芳，不若桂与兰。"虽然香味不及桂花和兰花，但总比杜鹃花无任何香味好，我们徘徊其间，那种特有的辛烈香气，沁人心脾。

到了秋天，茱萸会结红色的果子，一个个挂在枝头，这又是游客喜欢的一道风景。茱萸的茎、叶和果均可入药治多种病痛，根还可杀虫，是一种很有效的中药材。因此，古时华夏族祖先早就对茱萸情有独钟，喜欢佩戴臂上甚至插在头上，认为可以辟邪除灾。同样是茱萸，美国人重花、重观赏，国人却重果、重药用，所取价值各不相同，亦可谓中美文化之差异也！

纽约州游山访村穿峡谷

一提到纽约州，大家都知道它是美国的神经中枢和经济心脏，高楼大厦的繁华似乎就说明了一切。直到最近去该州游览白面山（Whiteface Mountain）、踏访瑞士村（Swiss Village）、穿行奥萨布尔峡谷，我才亲眼看见了它的另一面——与都市繁华相对立的大自然原生景观，这与富有成效的自然保护措施脱不开联系，让人们惊讶之余又感激不尽。

“海棠”盛开白面山

十月十八日清晨，我们在纽约集合，乘坐旅游巴士前往白面山。一路上公路两旁的岩壁和小树林秋景撩人，许多游客隔着车窗拍下值得留念的照片。向来一上车就打盹的我，居然一反常态，也兴奋不已。

进入美国最大的荒野、面积几乎与比利时相等的阿迪朗达克公园（Adirondack Park），连绵起伏的阿迪朗达克山脉时隐时现，我们下车游览的白面山，就是该山脉的最高峰之一，也是纽约州第五高峰。

“空山新雨后”，翘首远望刚被一场秋雨洗过的白面山，在淡淡的阳光照耀下，显得洁净、清新、空灵、幽寂，满山坡的枫叶则显得格外亮丽，但其颜色并非火红，而是胭脂红。此时此地，说“枫火连天”似乎也不怎么恰当，在我的眼里，倒像是象征相思情切的海棠花怒放。

相传昔人因相思过度而喷血于阶下，遂生相思草，即海棠花。“海棠不惜胭脂色，独立蒙蒙细雨中。”白面山雨后的枫叶确实像海棠花，在紫雾弥漫中变幻莫测，就像伫立山坡等候情郎归来的少妇，不顾脸上的胭脂因雾气浸染而掉色，更顾不上雾水浸湿衣衫，心思全都集中在心上人身上。

因冬日白雪盖顶而以“白面”著称的这座山峰，当下却成了面色红润的少妇，她思念、盼归的情郎究竟是谁呢？自然是滑雪健儿，须知白面山乃滑雪胜地。好在冬天快来临了。据说这儿四季失序，春、秋极短，秋日只有十来天，导游告诉我们，哥伦布日[①]过后缆车就已关闭，天气预报明天将会下雪，今天无法登上山头赏风光了。不过，这倒让盼郎归的少妇兴奋不已。

白面山之美，还美在有溪水绕山流。这道溪源于何处？溪面时宽时窄，溪中有许多大小石头，大的三四人合抱都抱不了，十分光滑，没有棱角，可见当初水势很大，是长期被湍急的流水冲刷、打磨出来的。而今水虽浅，势却不弱，借着一定的坡度，水流绕过巨石，越过中、小石头，激起阵阵浪花。溪很长，流出山外成小河，小河里还有人在钓鱼呢。

溪水给白面山增添了生气。毕竟山有水则贵，有水才能通灵。

北欧风情瑞士村

瑞士村离白面山不远。我们下车后从村口沿着主街往上走，该村右傍宁静湖（Lake Placid），故又叫

① 哥伦布日（Columbus Day），美洲国家纪念哥伦布于一四九二年首次登上美洲大陆而举行的节日，时间是十月十二日或十月的第二个星期一。

静湖镇（Lake Placid Town）。湖水清澈、宁静，湖面连微风都难吹皱，风大时才能见到浅浅的涟漪。

临近街道尽头、教堂对面可见镜湖（Lake Mirror），湖水澄净、平静如镜面，背后坐落着几座海拔两千米以上的高峰，山清水秀互相衬托，胜似一幅绚丽的彩墨画。湖畔人家的房子呈梯形，后屋紧贴湖边，往往筑有露台，放着桌椅，随时可踱步湖边欣赏湖光山色。有些地方相邻的房屋之间有几步距离，中间便设有石阶，供游客下到湖边观看，还有凳椅可坐。

街道左依连绵的山脉，许多房屋筑在高地上，有点像重庆的闹市，但房屋质地和风格却与之大相径庭。瑞士地处中欧，而这个远离中欧的瑞士村却大都为荷兰式木造小屋，古典、质朴、简约、精巧而又温暖、浪漫，高楼大厦极少，北欧风情十足。百年以上的建筑仍保留着原貌，村中心有个建于一八八四年的公共图书馆，看上去门庭依旧。

这个居民不足三千人的小镇，却有着深厚的历史文化和体育运动的底蕴。一九三二年和一九八〇年曾先后在这里举办过两届冬季奥林匹克运动会，一九七二年举办了世界大学生冬季运动会。我们特地参观了奥林匹克展览馆，以及一九八〇年冬奥委会室内溜冰馆，光滑的溜冰池和红色的观众座椅依旧鲜艳，观众席上方高悬着参赛国的国旗。当年招待奥运会运动员的旅馆，墙上画有运动员各种比赛姿势的图画。

至此方才悟出，这个小镇之所以叫瑞士村，乃是因为山清水秀如瑞士，更因为国际奥林匹克委员会总部设在瑞士，而这儿又与奥运会结有不解之缘，故冠以瑞士村之名是再恰当不过的了。何况这儿奥运精神长存，每年冬天世界各地不知有多少人来滑雪、度假，冰封雪盖的湖面，银装素裹的高山滑雪场，飞驰着雪地滑板和雪橇，以及雪地摩托和充气滑雪垫，热闹非凡。

鬼斧神工奥萨布尔峡谷

听说要去美国大陆历史最悠久、一八七〇年就已开放的旅游点奥萨布尔峡谷，我们特别兴奋。十九日上午终于顺利抵达。

原始森林里积着厚厚落叶和枯草的过道，松软而又富有弹性，我们轻松地步行到峡谷边。首先看到的是几帘瀑布，都是平坦的流水垂直滑下古老河床平面所形成，不同于激流飞越峭壁而形成的瀑布，让我们长了见识。

据说这一带在远古时候曾是海底。水流源自从西往东奔腾的奥萨布尔河，流经此处便因万年冰川冲刷，以致断层而形成V字形峡谷，将河水切割成碧绿、湍急的溪水，继续往东流。

踏上沿峭壁凌空建筑的绿色云梯和栈道，俯视如深渊似的谷底，令人不寒而栗。湍急的溪水不断碰撞嶙峋巨石，时而迂回蜿蜒，时而欢腾跳跃，就这样一路唱着、蹦着，轻快地一节一节流淌过去。高高的悬崖峭壁夹着长长的溪水，真是惊险无比！

栈道的险还在于其狭窄，只能单行，穿行峭壁观景大有望而生畏之感。老天爷也真善解人意，居然在峭壁中段延伸出一个正方形大舞台，正好被用作溪中游船的船坞。旁边筑有长长的云梯，可通往顶端的木屋；人们还可从木屋前就着云梯，逐级而下抵达船坞，坐在船上细观默赏风光，倒也别有一番情趣。

造化弄人也戏水，峡谷两旁的峭壁还彼此等距离地生出两扇门，形状如水闸，当中开着一道大口子，只允许水流挤成一大股流出去。水流往往在大门两边汹涌、打漩，急不得而缓又不行，幽谷竟也只好望水兴叹，无可奈何，完全听天由命。

说奥萨布尔峡谷水丽、石奇、谷幽，一点也不为过。幽谷正是仰赖丽水、奇石才有了生命迹象。石是小生，水是倩娘，水绕石，石围水，日日夜夜上演生死恋，没完没了。是上苍赐予他们永生，彼此世世代代厮守，阅尽人间沧桑。

奥萨布尔峡谷怎不令无数苍生惊讶、感佩？我等在此顶礼膜拜！

新泽西州殖民地公园玫瑰节

——玫瑰多彩，香草袭人，码头渔影

我家住在新泽西州桑莫塞郡，去殖民地公园（Colonial Park）十分方便，驾车穿过富兰克林镇，不知不觉一会儿就进入公园了。向主道两旁观看，磨石河以及古老的特拉华-拉里坦运河静静流淌着，左边草坪宽阔，右边还有个水草和浮萍覆盖的大池塘。

这天六月十一日，恰逢殖民地公园玫瑰节（Rose Day Festival），我们当然直接去玫瑰园先睹为快。在美妙的音乐声中，我们一进门就被各色玫瑰簇拥着，四周路边以及中间花坛的花朵们，都接叶连枝、探头探脑地欢迎，清悠悠的香气令人神清气爽，正如唐诗所云“麝炷腾清燎，鲛纱覆绿蒙”，“不知何事意，深浅两般红”。

其实这儿的玫瑰花何止深红、浅红，更有黄、白、紫、绿、青、橙，以及淡紫镶着白边，外红裹着中间一层白，红黄白交错等色。各色玫瑰仙女在乐声中摇摆起舞，让人目眩神迷。眼前这半公顷面积的园子，种植着三千多棵、三百二十五个品种的玫瑰，花儿色彩纷呈，令人目不暇接。诗人问“不知何事意，深浅两般红”，似乎对花儿多彩的寓意一窍不通。也难怪，古人喜欢梅、兰、竹、菊，不怎么钟爱玫瑰。现如今国人受西方影响，早就将玫瑰当作爱与美的象征，远比古人浪漫。

玫瑰善解人意，红玫瑰标志热情如火、华贵高雅，粉玫瑰温婉可人、笑容可掬，黄玫瑰神色忧伤、寓意流逝，白玫瑰纯洁无瑕、天真烂漫，紫玫瑰如梦似幻、美丽高贵，绿玫瑰纯真简朴、象征青春常驻等。于是人们分别赋予它们两性关系中热恋、初恋、分手、绝配、魔幻、坚守等象征意义，除了黄玫瑰不适合送给情人，其他都是向对方表示深情厚意的最佳礼物。

据说这个玫瑰园是园艺学家鲁道夫·W.范·德·雅(Rudolf W. van der Goot)设计的，为了表示纪念，特以他的姓名命名。园中从头至尾铺设着白色石板走道，周遭红砖分道四通八达，到处都是花枝丛生。纵深虽不算旷远，但筑有多个花棚，终点还有凉亭，里面都设有椅子，游客累了随时可入座歇息片刻。我携老伴也进去休息了一下，遮阴却不掩目。入口中央还筑有一个圆形池子，池水清澈，水面上漂着浮萍和绽放的小朵白莲花，池子周围镶嵌着花草，精致美观。

玫瑰园本是植物园的一部分，后面种有多种香草和一般花草，浓郁的香味几乎盖过玫瑰的幽香。这些香草和花草就像一本正经的淑女，更加衬托出前面那些玫瑰仙女的奔放热情、明艳亮丽，这可能是设计师把它们放在一起的用意。这就促使我们索性去植物园的另一块，即号称香草园的地方一游。香草园中的走道皆为有弹性的绿色地毯，小桥流水横贯东西，流水无情草有意，遍植的香草好不袭人。

可惜我只识得正开着紫花的薰衣草，其他诸如凤梨鼠尾草、果香菊、伯恩斯夫人柠檬罗勒等，是我查了资料才知道的。这些香草除了薰衣草之外，都没开花，但枝叶都散放着浓烈的香味，说得准确些，应当是药草香，而不是玫瑰、芍药、牡丹的馨香。所以香草又叫药草，既可入药又能提炼出香精。

我依依不舍走出香草园，觉得脚下这片本是原始自然区域、总面积达两百七十七公顷的殖民地公园，实在开阔无比，一时不知再去哪儿为好。那就走马观花吧，慕名游览了可供百余人野餐的凉亭，可作为锦标赛场地的高尔夫球场，安全舒适的儿童游乐场，以及可供游客垂钓的大池塘。为了确保垂钓者有鱼可钓，公园管理委员会每年都会投放各种鱼苗。

因为是玫瑰节，园中出双入对携手散步的情侣特别多，乐声悠扬，还可随意买到小吃，到处洋溢着温馨、浪漫的气氛。择地野餐的人很多，球场、游乐场也没空着。池塘四周草木森森、绿荫掩映，码头上鱼影隐约可见。连河道都不安于平静，河中喷泉溅出的水花、激起的音响，也为公园增添了生气和魅力。

我总算亲身感受到殖民地公园玫瑰节的味道。每年六月，公园必定会择日定为玫瑰节，以象征夏天的到来。这天一般是从上午十点到下午五点免费开放，不断播放乐曲，还有各种食品供选购，热闹非凡。明年玫瑰节我也绝不会错过。

其实即使不是玫瑰节，春天踏青、夏日消暑、秋季休闲、冬天健身，新泽西州殖民地公园也绝对是个好去处。

宾夕法尼亚州灌木溪瀑布别有天地

听说宾夕法尼亚州有个数年前新开辟的景区布什基尔瀑布（Bushkill Falls），它的英文名字似乎很怪，怎么其中竟有“kill”（杀）？真有点煞风景！上网一查，方才明白此处的“kill”系来自荷兰语，意为“小溪”，与“杀”无关，也与美国前总统布什无关，全名也可译为“灌木溪瀑布”。又有溪水又有瀑布，倒引起我想实地游览的兴趣。

于是由小儿子驾车，载着我和老伴以及儿媳妇，不足两小时就到达了。进入景区，置身乡野小山沟似的峡谷中，远离尘嚣，清新自然的生态环境令人顿觉神清气爽。

入口处几乎与峡谷顶端处于同一水平面，游客踏访须由上而下。循着谷边茂盛的树林筑就的、无数彼此相连的台阶型的栈道和木桥，都是就地取材采用原生树木打造的，坚实牢固。游客可根据自己的兴致、体力和时间，按红、黄、蓝、绿路标，选择长短不一的步道，扶着台阶上上下下。通过不同层次的木桥栈道，可抵达对岸，亦可迂回参观景区的各个侧面，可谓纵横交错、四通八达。

谷底缓缓的溪水长流，上游湍急的水流冲过崖顶倾泻而下，形成一帘帘壮丽的瀑布，欢快地跳跃灵动，还带点野性。同时有许多支流越过不同地段的峭壁，又形成多个大小不一的瀑布，有的名字美得发人遐思，如“新娘面纱瀑布”“伴娘瀑布”等。这儿总共有八个瀑布，被誉为“宾夕法尼亚州的尼亚加拉瀑布”，气势虽远不及水牛城的那样恢宏壮观，却也有它的婉约、柔美，尤其是有赭红、淡蓝、浅绿的岩壁衬托，周遭簇拥着葱茏的树木，时当枫红季节，树叶红、绿、黄纷呈，其魅力真是妙不可言。

溪水一路流淌，时而大如河水，时而小如沟渠，游客投下的无数硬币几乎铺满溪底。水下的硬币和漂在水面上的枫叶，金光、银辉闪烁，交相辉映，美不胜收。从下往上看，蓝天被割成一片，云彩映在溪水中颜色似乎更深了，阳光也不再那么耀眼。

好山好水好地方，正是：“灵山多秀色，空水共氤氲。”景区尽管经人工斧凿，然而其原生状态大体仍保留着，四周长满乔木和灌木，连贯起来可算是个不小的森林，有些栈道的扶手竟还拥抱着高大的树木。因峡谷中气候特殊，这儿已经落叶纷飞，红、黄、白的枯叶落满栈道和岩壁。我们从峡谷底层爬到顶端，是一块平地，满地树苗红叶稠密，远比周遭高大树木的叶子红得艳丽。

如此原始、野生的小山沟，当初一定有不少鸟儿和动物在里面活动，据说雁、鹰隼、黑熊、猴子、蛇、鹿、狐狸、狼、山猫、鼬鼠等，常出没其间，只是而今已不见踪影。倘若想了解具体情况，不妨参观一下出口处的野生动物展览馆，里面陈列着此地区生存的许多动物的标本。如犹嫌不足，还想看看这类活蹦乱跳的动物，则可以去离景区仅二十分钟车程的波科诺蛇和动物农场（Pocono Snake & Animal Farm），上述这些动物都能亲眼看见，甚至还可亲手喂食。

佛蒙特处处见黄枫

——凰飞凤舞闹金秋

纽约和新泽西州几乎处处能见到枫树，何必乘车去佛蒙特州观枫呢？读了这篇文章就会明白底细。

我们的旅游巴士穿过佛蒙特伯灵顿市，不急不徐地向山区驶去，一路上无处不见枫。车经绿山（Green Mountain）山麓，开始了差不多二十分钟的“枫叶大道”。左侧连绵的山脉，呈现巨幅画布似的美丽“枫光”，树叶以黄为主体，又夹杂着红、绿衬托，其间单是黄就又有淡黄、娇黄、艳黄、金黄，而红又有粉红、绛红、枣红、玫瑰红，绿又有翠绿、墨绿、蓝绿、近紫，上帝赐予的拼色板实在太奇妙了，难道世界上除了红枫还有黄枫吗？也许这种黄枫，是一种随着秋的脚踪变换叶色的枫树。

黄枫的疯劲惊人，不仅遍布山野，而且在路边河畔、门前屋后都矗立着。山脉上的黄枫一路疯过去，如游龙戏凤、凤飞凰舞。沿途家家户户开门见枫，大概只看远山的枫黄犹嫌不足，还要在门前欣赏自家如孔雀开屏似的枫景。我真想赠送他们一副楹联：向阳门第财源广，植树人家道路宽。听说这儿的人很穷，在此我衷心祝福他们能早日过上富裕的生活。

毕竟时近深秋，当日又恰逢没有秋阳高照，天气有点雾蒙蒙的，整个画面给人一种华美高贵而略带苍凉的感觉。偶尔太阳从云层中钻出，给山头抹上一道阳光，其暂时的艳丽反而使人感到惨淡，就如茶花女玛格丽特临终前要见阿尔芒，给自己最后一次的化妆。

其实这种黄枫学名叫糖枫，因为它不仅可供观赏，还有很高的经济价值，其树液可用来制作枫糖浆，营养丰富，当地人就以此为生。为了一解游客对制作枫糖浆的好奇及满足游客的口福，导游特地在结束这次旅程前，领我们参观了枫叶博物馆。

馆虽小却五脏俱全，展品有糖枫及枫叶的标本，详细说明采浆及提炼、制作糖浆过程的连环画，还有所用的工具和机器实物。同时还不断重复放映实地拍摄糖浆采制全过程的影片。馆里附设的小商店，备有多瓶枫糖浆样品供游客品尝，还搭配了许多饼干，尽可随便享用。货架上和货柜内，有充足的瓶装枫糖浆和有关产品，如浆泡姜汁以及盒装的各类枫糖糖果，以供游客选购。

经营展览馆和小商店的是当地一家住户，祖母、儿媳妇、孙女站柜台，其他家人则负责接待游客，气氛温馨。

文化名城巴尔的摩

一提起马里兰州最大的城市巴尔的摩，就想亲自踏访一下，因为它是美国的文化名城，何况离新泽西州不远。星期天小儿子夫妇有空驾车，载我和老伴一遂心愿。

市内文史底蕴丰厚

我们的车停在芒特弗农广场附近的一条马路边。仰望广场中央矗立着的、高达五六十米的大型华盛顿纪念碑，碑顶是华盛顿全身塑像，底座前还有他骑在马上的塑像，充分展示了美国国父英姿焕发的丰采，显得无比威严。从碑座铭文可知设计者为著名雕塑家罗伯特·米尔斯，落成于一八二九年。广场取名于华盛顿的家乡和坟墓所在地芒特弗农。

这座碑与我曾在华盛顿市参观过的华盛顿纪念碑

相比较，尽管高度只有后者的三分之一，远不及后者那样宏伟，但毕竟是全美第一座大型华盛顿纪念碑，建成时间比后者早半个多世纪，人们在瞻仰碑主栩栩如生的形象时，必定会想到这位美国自由民主制度开创者的丰功伟绩。

华盛顿纪念碑邻近美国最早的天主教大教堂，这座教堂一八二一年就已建成。圆柱形门廊，圆顶形建筑，新古典主义的外形伴以闪亮彩色玻璃装饰的内部结构，据说这是除美国国会山庄之外最宏伟的建筑物，非常吸引人，连教皇保罗二世和特蕾莎修女都曾来访问过。那天正好是星期日，我们悄悄走进去，见有许多人在由台上的神父领着做弥撒。

巴尔的摩除华盛顿纪念碑之外，还有全美第一个大型纪念碑，那就是战争纪念碑。前者接近市中心，后者正处于市中心，两者可以说是巴尔的摩的心和肺。我站在碑前默默地重温美国历史，独立战争期间英军威胁费城时，巴尔的摩曾一度是美国的临时首都。后一八一二年至一八一四年间，英国军队曾火烧华盛顿，随即兵分海陆两路，进攻巴尔的摩，遭到美国民兵浴血抵抗，英军司令官当场被击毙。这场战斗十分惨烈，我仿佛还闻得到残留的硝烟味。这是巴尔的摩人的骄傲，怎能不立碑留存永远的纪念？这座碑落成时间比华盛顿纪念碑还早四年。

参观战争纪念碑，对我这个已在美国居住多年的人来说，等于补上了一堂美国历史课，直到此时我才明白美国国歌的来历：原来是美国诗人弗朗西斯·斯科特·基当年目睹同胞与英军顽强作战，硝烟弥漫中看到美国国旗仍在城堡上迎风飘扬，极为激动，便从衣袋里掏出一只信封，随手在背面写了几行诗。后来有人建议以一首十分流行的曲子作为配曲，并取名《星条旗之歌》，传遍全美，深受人们喜爱，一九三一年终于被定为美国国歌。

沃尔特斯艺术陈列馆是不可不去的，这是美国收藏品最丰富的艺术馆之一，藏有艺术品两万五千件，虽属私人所有，却让游客免费参观。我从古罗马主题展区一直看到二十世纪初期主题展区，真是大开眼界。令我眼睛一亮的是，居然在这儿见到了海外遗珍：明代唐寅的《王献之休郗道茂续娶新安公主图》《新娘的嫁衣》，宋代苏汉臣的《对镜仕女图》，以及宋末元初赵孟頫的《秋林观云图》等真迹。

再就是巴尔的摩艺术博物馆也不可不一览，其永久收藏品超过九万件，据说起初只有绘画，而今却拥有各种不同的艺术品，种类繁多。我对那些难得一见的美国原住民艺术品、镶嵌工艺品、装潢及纺织工艺品特别感兴趣。若论知名度，该馆亦不乏享有国际声誉的作品，如世界著名的法国画家亨利·马蒂斯的作品，居然大多收藏在这里。

单就这些，我就已经觉得不虚此行了，哪知还有许多尚未参观的地方，奈何时间紧迫，无法一一赏鉴。让我极其惊讶的是，据说一九〇四年年初巴尔的摩曾发生大火灾，整个城市几乎被烧毁，浴火重生的市容现如今竟看不出任何火灾痕迹。

港区繁荣欢腾活跃

午饭后匆匆赶到内港游览区，好像置身码头上。首先映入眼帘的是，停泊在内港边的高高竖着三根桅杆的一艘兵舰，儿子告诉我，这是“星座号”战舰，其最初启航地就是巴尔的摩，曾多次参加海战，系美国立国之初战舰之一，功勋卓越。我不禁心生敬意，巴尔的摩真是样样都有不平凡的来历，历史底蕴深厚。

“星座号”对面的一栋玻璃金字塔状的建筑，同样引人注目，弄明白它是国家水族馆后我们就绕道而行，因为参观过的同类馆太多了。越往前走越热闹，两边商店林立，河畔的商店大都建在铺了木板的水面上，人潮汹涌，川流不息。马路边的街头艺人比比皆是，有的弹奏大提琴，有的边弹吉他边跳舞，有的边弹电子琴边唱歌，惹得周遭的孩子们也跟着节拍手舞足蹈。为游客画像以及卖画的艺人，技艺炉火纯青，各种画作摊了一地。

再往前走更是观光、娱乐两方便了。只见与大西洋相连的大河河面上，游轮、帆船、快艇、水上摩托穿梭交织。水上摩托形状多样，其中鹅形的特别显眼，有的红顶白颈，有的紫顶白颈，也有蓝顶的，一只只仿佛在昂首高歌，游客坐在前面脚踩轮子，可自由驶向任何方向。岸边排列多个船坞，只要挥挥手就可在那儿等候上船。

临近港区终点有个广场，紧靠内港边矗立着美国又一座世界贸易中心，系著名的美籍华人建筑大师贝聿铭所设计。我仰头吃力地想数一数有几层，连数了三遍也数不清到底有多少层，只能估计大约有二三十层，既亮丽又高峻，时刻俯视着人世间的一切，可当作巴尔的摩的地标。

在世界贸易中心前面的一个大平台上，放置着几根被烧得变了形的大型钢柱，那是“九一一”事件中被烧毁的纽约世贸大厦的残骸，特地搬运到这儿来向游客展示，既是沉痛的纪念，更提醒着人们永远毋忘“九一一”事件，珍惜当下和平美好的生活。

眼看已经暮色苍茫、华灯初上，我们便赶快往回走，就近找了一家专供海鲜的水上饭店。早就听说当地的蓝蟹、生蚝和蛤蜊味美汁鲜，就每人点了一客。哪知送上来的是一只只装得满满的竹篓子，除了海鲜还配以煮熟了的玉米和土豆。蒸熟了的橘红色蓝蟹上笼时已涂上一层黑褐色调料，香气扑鼻，剥开来再蘸上新的调料，更加美味可口。生蚝肉质肥美，新鲜得似乎是刚从海边抓来的。这一餐吃得我永世难忘。

儿子说这一餐吃得他雄赳赳、气昂昂，当夜驾车打道回府绝不成问题。在车上儿子还告诉我们：巴尔的摩早在十七世纪初就有欧洲移民来居住，十八世纪英国移民首先在这里建立了城镇，其时马里兰殖民地领主是爱尔兰的巴尔的摩男爵，他们便以他的封号作为该城镇的名字。原来巴尔的摩市的名字也有来历，说巴尔的摩历经沧桑、人文荟萃、文化历史底蕴丰厚，实在是再恰当不过的了。

玛雅人的故乡坎昆

我和老伴以及小儿子夫妇乘坐的飞机，自美国东部飞到墨西哥坎昆上空，从机窗俯瞰是一个狭长的小岛。儿子说像一条在碧波中游动的水蛇，我倒觉得像是一根拐杖。不，应当说是魔杖，否则二十世纪六十年代的一个只有数十户人家的小渔村，怎么会变成旅游胜地？实在非常神奇！

说坎昆神奇，最根本的缘由在于它处处、事事都与玛雅人、玛雅文化有关联：有人说潜水至深处，可看到千年以上的玛雅古城；登高可看到建在悬崖上的玛雅城堡；漫步街头或海滩，就可看到巨大的树干撑起以棕榈叶盖顶的玛雅人的凉亭和小屋；商品和旅游，也大都靠玛雅这个旗号才能赢得商机；甚至连喝的咖啡，都是按玛雅人的传统手艺如法炮制的。

玛雅文化最杰出的代表

我们首先踏访的是，玛雅人于公元六世纪建立的奇琴伊察（Chichen Itza）城邦。玛雅语“奇琴伊察”意即“伊察人之井边”，伊察人乃是从其他地方迁居而来的玛雅人。这儿是玛雅文化的发祥地之一，堪称最大、最繁华的城邦。之所以繁华，跟境内有三个很大很深的溶井有密切关系，人们的生活用水和农田灌溉都是靠这些天然大水井供应。而今只存两口井了，据说其中一口是“圣井”。

我们走来走去只看到一口深井，井台用大石块高高垒起，也不知道是不是圣井，我倒不在乎是否一定要亲眼看到，只是对圣井的传说十分感兴趣。玛雅人相信这口井能通往雨神宫殿，用它来祭拜雨神，以祈风调雨顺。祭司和贵族们曾投入金银珠宝作祭品，以示虔诚。

奇琴伊察城邦中央矗立着雄伟的卡斯蒂洛金字塔，这是玛雅人为雨蛇神建筑的神庙，故又称雨蛇神金字塔。玛雅人视带着羽毛的蛇为至高神明，认定它主宰日月星辰和人的生死存亡，数学和历法也是它发明的。塔的顶端筑有神庙，底部雕有巨大的蛇头，即雨蛇神的头，听说蛇身隐在阶梯断层内。

金字塔塔体呈方形，底大顶小，每一侧面为梯形，共九层，每边阶梯都是九十一级，可拾级而上（可惜已不准游客攀登），四边共三百六十四级，加上顶端的庙宇，总数恰与一年的天数吻合。更奇妙的是，每年春分、秋分日出日落时，该建筑的拐角在金字塔北面的阶梯上投下的影子会随着太阳的转移往下滑动，就像一条巨蛇在缓缓游动。这些都充分证明玛雅人天文学和数学水平之高。每逢这种时节，各地会涌来无数玛雅人和旅客，聚集在塔前广场上朝圣。

雨蛇神金字塔东面有个四层金字塔，那是武士神庙，举世闻名。虽历经千年风雨，石柱和石墙仍屹立无恙，还看得清大体的架构。仔细看，神庙丰富的浮雕装饰并未毁坏，大门上的两根蛇形柱完好无缺，蛇头浮雕十分精美。两边墙面上则有龙头蛇身浮雕，梯道两边顶端还立有武士雕像。这一切证明了玛雅人非常崇敬勇士，充分表现了他们的尚武精神。神庙前面的千柱群，一根根腐蚀、斑驳的石柱原先撑着的庞大宫殿，早已不见踪影，昔日辉煌不再。

我们还进入玛雅人住过的屋子，参观了玛雅人的各种雕刻、纹饰和文字。一块厚重木板上，雕刻着手捧大陶罐、盘腿坐着的玛雅人，陶罐里装有玉米之类的农产品，原来他们是以玉米作主食的。根据展示的玛雅文字母和保护符，可知有的代表生命，有的代表智慧，有的代表爱，等等。

附近还有个很深的天坑，下面渗出来的水以及长期积蓄的雨水十分清澈，有不少游客在里面游泳、戏水。我辈老矣，没有这个勇气和福气。

坐降落伞驾越野车历险

我们为买票或乘坐海上降落伞，曾多次去海边码头，即女人岛斜对岸。那儿热闹非凡，入口处高架塔桥上，有个赤身露体的卖艺汉子，由旁边人帮忙绑住一只脚，悬在半空表演各种体操动作，惊险极了，真有点为他担惊受怕，可是他却若无其事。完毕后，扩音器里播放凄苦的乐曲，一位衣衫褴褛的老者以形体和动作，演绎歌曲的内涵，过客无不为之动容。

码头边长长的海滩，白珊瑚风化成的厚厚的沙白如雪，看上去耀眼、踩上去松软，为此地所特有，这是坎昆的骄傲！海水近处碧绿，远处湛蓝，这种蓝蓝得透明，像漱口液那种蓝。许多游客下海游泳或潜水累了，就走上海滩坐或躺在红伞下面的沙滩上，一边休息一边观看海上风光，唯见海面上快艇、水上摩托穿梭，海鸥、企鹅嬉戏，晴空中飘着红、黄、蓝降落伞，有如升起的彩色蘑菇云，蔚为壮观。

小儿子夫妇不甘寂寞，决定一起乘坐水上降落伞。买好票，邀我们老两口也上快艇一路观看。小两口置身快艇前面的舱里，两个墨西哥小伙子手脚麻利，把他们紧紧地绑在降落伞绳子下端的座位上，然后拨准航向，迎风急驶，牵引降落伞的绳索缓缓松动，伞便徐徐张开，伞朵儿越飞越高，小两口的身影越来越小。满天都是这些盛开的“鲜花”。两人在天上得意非凡，潇洒自如。到了规定时间该收伞了，两个“小墨”慢慢地卷动牵引绳索，天上“游子”又安全地回到艇内。为了留个纪念，小两口特地花了六十美元，购买了一张录有全过程的光碟，为双双遨游天海留下珍贵的纪念。

真正谈得上惊险的，当数 Xplore 主题公园融娱乐和运动于一体的项目。这个公园以一个地下大溶洞为中心，溶洞通道跟户外山丘、丛林和平地，以及地下河道，组成了一个活动空间相当大的园地。入口处，工作人员给每位游客发了一个橘黄色头盔和一把绿色钥匙。头盔上有号码和传感器，不管你跑到哪儿都在他们掌控之中，出了问题几分钟就能找到你。活动项目有：驾越野车穿越丛林，吊钢索空中滑道，在地下河划独木舟，下地下溶洞游泳。我和老伴是七八十岁的老人，只能一路观看儿子、儿媳妇活动。

最刺激的是越野车，由儿子驾驶，儿媳妇坐在旁边，我俩则坐在后面的座位上。一路上穿越丛林、浅滩、火海、小桥以及烟雾弥漫的地段，时而往高处爬，时而向低处冲，够惊心动魄的，加之天色已晚，我俩心吊到喉咙口，后悔上了“贼船”下不了，只得跟着他们颠簸、冲刺。没想到在急转弯时突然“砰”的一声，车子撞到了道边的岩石上。幸好是越野车，前面有两根大铁杠，车身没损坏，老伴的脖子却被保险带勒得红肿一块。监控人立马赶到，没有罚款，只是取消了儿子的驾驶权，将我们四人分别安排到别人驾驶的车子上。到达终点站，小两口抱歉地将我们送到自助餐厅用膳、休息。这次该算有惊又有险了。

儿子、媳妇接着去游泳、潜水，我们则享受丰盛的晚餐，烤牛排、乳猪肉，各种荤素菜肴加上炒饭、炒面、花式糕点、多种水果，应有尽有。吃饱了可去另外一个厅，观看墨西哥历史文化大型歌舞表演，节目内容有玛雅人商品交换、足球运动、部落战争、祈雨等，丰富多彩，舞蹈动作和歌声都很优美。可惜我俩受了惊吓，想早些休息，便叫了一辆出租车先回酒店。

悬崖古城和科巴金字塔

最后一天要跑图卢姆和科巴两个玛雅人遗址，行程十分紧张。图卢姆是玛雅人唯一建立在海边悬崖上的城市，系重要的通商港口，可以说是至今保存得最好的玛雅遗址。

我们下了旅游巴士，冒着酷暑和蚊虫叮咬走了相当长一段路，再穿过小树林和石洞才到达。路边蜥蜴之类的小动物窜来窜去，见了人一点都不害怕，还瞪着圆溜溜的大眼多情地望着你，大概是巴望你赐点儿食物。面前是一片沙漠，靠路边才偶尔有稀稀拉拉的草地。这儿远在城堡之外，树林近旁还存留着玛雅人的生活用井，地上散落着玛雅人住房墙、柱的碎块。当初整齐均匀的大小街道依稀可见，建筑旁种植的椰子树仍很茂盛。

向悬崖上望去是城堡内部，神庙和祭司、贵族们的住宅还矗立着，虽有裂缝或部分坍塌，但其架势犹存，居高临下，墙高院深，厅室宽阔，十分气派。神庙面对着湛蓝的加勒比海，终年云蒸霞蔚，碧波荡漾，涛声不绝。古城堡虽历经沧桑，但其面貌犹可辨认，让人有一种历史厚重感。走近海岸边，神庙下面的沙滩是向游客开放的，雪白的沙滩、金色的阳光、微微的海风，实在令人陶醉。

科巴是玛雅人的重镇，古代可从图卢姆港口扬帆直达，我们是乘三轮车去的，好处是参观了这站，可以再上车去下一站，非常方便。由于这儿地处热带丛林深处，所以一会儿下雨，雨水尚未湿透衣衫就又骄阳如火，甚至一边烈日当空照一边飘着雨点。这样就导致蚊虫奇多，而且特别凶悍，死盯着你咬，打都不怕。

科巴有几座金字塔，即玛雅人供奉的石头神庙。

“Nohoch Mul（大金字塔）”是最大的一座，高四十二米，望上去很陡，却是世界上极少允许游客攀爬的金字塔之一。不少游客在艰难地往上爬，为了安全有的还拉着从塔顶悬下来的绳子。真正能爬上顶端的不多，许多人不是站或坐在石阶上休息，就是半途折返。

在整个踏访过程中，我的脑海里一直漂浮着一个大大的问号：这么古老、先进的玛雅文明，怎么会一下子在地球上消失，只留下极少的一些人？传统的说法，有人说是西班牙人入侵时带来了一种致命的传染病，致使玛雅人很快死光，有的说玛雅人是被外星人带走了。难道这就是玛雅人最崇敬的雨蛇神，为他们安排的最好出路？实在令人费解。

宾夕法尼亚州雪雁引颈思“加”乡

听说雪雁一年一度又麇集宾夕法尼亚州中溪湖畔，心里不禁痒痒的，便挑了个天气晴朗、暖和的下午，由小儿子夫妇驾车陪我们俩前往观看。我们从新泽西州弗兰克林出发，穿过两三个小镇，飞驰于乡野间狭长的高速公路上，经两个多小时的奔波，才到达目的地。沿路两旁泊车绵延数百米，一眼望不到头和尾，可见对这种稀有野生动物大迁徙怀着好奇感的大有人在。下车后跟着人群在荒草丛中原本不是路的路上，踏着半人高的衰草径直朝湖边走去，小路全是行人踩出来的。

走上野生动物保护区的石子路，人潮川流不息，有扶老携幼全家出动的，有老夫或老妻扶着拄拐杖的另一半的，有扛着小钢炮似的长焦摄影器械的，也有牵着或抱着爱犬的孤男孤女……这支队伍仿佛海陆空齐全。当然，这既不是征战，也并非赶庙会，而是赴一场好奇的视觉盛宴——观看雪雁。

枯树浅滩是吾爱

远远传来了小狗叫似的雁鸣声，有行人说，该离湖畔不远了。我俩老眼昏花，只见远处还有前些天下的积雪未消，一堆堆的，哪有什么雪雁？再走近些，不对不对，雪堆怎么会很快地移动，有时还飘飘洒洒地往上飞或朝下落？再往前走，原来湖面上的一片片雪白，就是我们渴望见到的新朋友——雪白的雁儿。它们有的缩着颈子栖息在水面上，似乎在打瞌睡；有的“白毛浮绿水，红掌拨清波”；有的头往水中钻，不知在找什么东西吃；还有几只不安分的雁儿翅膀唰的一下，立刻排成人字形或一字形整队飞上天。

这里的景色不算特别美，虽说有黛色的远山、蓝色的湖泊，呈现在眼前的也只是“枯草老树白雁”。中溪湖呈倒写的 L 形，长的一段湖面渐行开阔，麇集在这儿的雪雁相对少些；大量的雪雁喜欢挤在短的一段湖面上，也许它们觉得这样更安全。远远看去飘飘洒洒的小雪片，原来都是刚落下的雪雁。

突然“噗”的一声巨响，只见几百只雪雁霎时展翅飞上云天，仿佛老天陡然发怒，来了一场“雪崩”，这种壮观的场面很难用言语形容。不知是哪个“尤物”发的号令，也看不清谁是“领袖”，不一会儿，“雪崩”覆盖着湖面，然后又像耍魔术的大白帐幕，四围那么转了一下，一队队整齐的队伍就展翅蓝天，迅速消失在天边。这景象只发生在几秒钟内，也是观众等待多时所期待的，你得随时警惕着，举起镜头，就像狙击手一动不动地瞄着，才能拍下这壮观的场面。可是我们早已手酸腿麻，等手忙脚乱地调拨好 iPad 镜头，那支白色的队伍早已消失，我俩不禁唏嘘不已。

好在老天不负有心人，湖面上终于又有雁群腾空飞起，老伴将吃奶的力气都用上了，挺着脖子对准镜头，连拍了几张，像小孩似的高兴得手舞足蹈：“这次拍到了，拍到了！”

万里迁徙为接种

听身边游客说待到太阳落山时，大批雪雁还会飞回到这里栖息过夜，因此许多人都像等待客人那样耐心。我们的注意力集中到一位扛着小钢炮似的长焦镜头的先生身上。他也许是一位生物学家，正在向家人介绍雪雁，不料我们也有幸分享了。

原来每年二三月，数万只雪雁会飞来这个保护区，因为湖泊水浅、湿地多，此地又种玉米，遗落在田里的便是它们丰富的口粮。雪雁栖息在这里就像待在客栈一样，养精蓄锐，两周左右后再飞往加拿大等地。它们逗留在保护区中溪湖期间，白天会在湖面游水、嬉戏、觅食，有时也成群或三三两两飞出去，锻炼体力，傍晚依然飞回湖上栖息。雪雁一般在五月左右抵达北美洲接近北极圈的冻土带产卵，二十多天后雏雁出生，四五十天就能羽毛长全开始飞翔。待到八月它们又聚集开始返飞。它们迁徙的路程每次达两千五百公里左右，每年往返两次。飞行能力如此强大，而且是那么地有组织、有纪律，注意照顾老幼，怎不叫人钦佩?

正当我们已经闻到春天的气息的时候，雪雁却要迁往加拿大，似乎颇令人费解。现在终于明白“莫怪春来便归去，江南虽好是他乡”，明代诗人王恭《春雁》诗说得一点不错，雪雁这是要返“加”乡，留不得也，归心似箭的雁哥儿唷！

太阳快下山了，更多的“雪花”纷纷飘落下来，但还没出现“大雪崩”。因为时间关系，我们得打道回府了。在落日余晖映照的回程中，居然还陆续有人赶来观看雪雁。不经意间，天边猛然飘来一大片乌云，不是浓黑的，而是由无数个小黑点组成的，我们猜想这大概就是返飞的雪雁大军，因为它们飞得高又背着夕阳，在飞翔时才会显露羽翼内侧的黑色。头顶上又出现大队雁群，竟迎着夕阳飞去，通身白色羽毛被染得血红血红的，真是别有一番景象。

依依不舍感叹之余，不得不道一声：再见吧，可爱的白衣使者！

魁北克法国风情洋溢，星形城堡别具英国风范

春夏之交的一天，小儿子夫妇驾车载我和老伴去魁北克城游览。早就想亲睹北美洲这座唯一保有城墙的都市的真容了，而今能实现，实在是人生一大快事。

车抵城下圣劳伦斯河畔，只见魁北克市果真被完整的城墙围在山崖上，城墙高达三十五米。墙内是老城，即下城区，系港口和古老的居民住宅区；墙外是新城，即上城区，位于高坡之上，系行政管理和商业区，高楼大厦林立。这上下城之间落差居然有五十米，由一条空中缆车连接。如果想围着城墙走一遭，对我和老伴来说那真大有步履维艰、望而生畏之感。

好在我们的游兴不在现代化新城的繁荣景象，而

是想领略老城的古典风貌，便决定弃车步行参观。

市容洋溢法国风情

徜徉在石板街道上，两旁房屋和商店层层叠叠，尤其是皇家广场四周和圣母街两侧的建筑物，都是十七、十八世纪保存下来的。商店的名字写的都是法文，甚至还挂着三四个世纪之前的雕木老牌匾，连店员都穿着古装，梳着古老的发型，男士头上前后发绺高高地翘起。不识法文的我们，只能从玻璃窗内陈列的商品辨别是什么商铺。

这儿的居民绝大部分是法裔加拿大人，以法语为母语和官方语言，百分之九十五的人只会说法语，系加拿大最典型的法语城市。当地人似乎对英语怀有一种特殊情绪，规定公共场合非得写英文的话，字绝不可大于法文。我问一位店员“restroom（厕所）”在哪里，她居然回答“restaurant（饭店）”在马路对面，真叫人啼笑皆非，可见这些经过英语培训的人其水平也不过如此。

街头咖啡屋、小吃店到处都是，有的门前搭着一排排圆形或长方形的篷子，有的门前没篷子只摆着一排排桌椅，宾客川流不息。我们四人坐在露天桌子旁享用午餐，特地点了当地的比萨和精心制作的熏肉以及小吃，确实风味独特，除了熏肉不敢恭维，比萨薄而爽口，小吃精细美味，令人称赞不绝，细细一回味，这不就是法兰西风味吗？

看看前后左右的桌子，围坐的大多是本地人，无论男女老少，都喜欢光着膀子晒太阳，皮肤晒得红红的，汗水满脸流，一边喝着啤酒或咖啡一边闲聊，十分悠闲自在。室内的桌椅却无人问津。此情此景，让我不禁想起在巴黎街头曾目睹过的景象。

走过任何一条石板路，都有可观的景致。马车载着游客优哉游哉地溜着，过往行人总是不慌不忙，彼此十分谦让。圣母玛利亚宫高高耸立着，镌有“建于一六四七年”的字样，据说北美洲最早的主教就葬在这里。特别引人注目的是，许多高楼整个墙面都绘有巨幅壁画，画面上站在法式长型窗口的人好像正在热情地向行人打招呼，看上去非常温馨。

整座魁北克城之所以处处充满法兰西风情，乃是因为法国人早在一六〇八年就来到这里，这是他们闯进北美洲后建立的第一个居民点，一切建筑均按法国式样。一七五九年，英军虽从法军手中夺得该城，但居民仍旧保持着法国人高傲、浪漫的气质，建筑物依然保留着原有的古老风格。于是，我们如今穿行于大街小巷，还会有漫游欧洲中世纪小镇的感觉。

星形城堡壁垒森严

沿着石板路主道拾级而上，走进城门，这是进入星形城堡的正式入口，系魁北克老城历史遗址中唯一保留原始风貌的城门。进入这座北美洲最大的军用城堡，仿佛一反前面所看到的法兰西风情，呈现在眼前的完全是英伦风格的建筑，据说系英军于十九世纪初修建。由于其建筑外形呈星星的形状，四角都筑起棱形碉堡，环状布局，所以叫星形城堡。城堡大门的顶端镶有皇家二十二团团徽，团徽上有英国皇冠，中间写着“加拿大法裔团”，即加拿大正规军中唯一的法裔步兵团。星形城堡就是该团驻地。

在操着浓厚法语腔的英语导游的带领下，我们一一参观营地、总督府、炮台、博物馆等景点。当我们来到国王棱堡时才看清，整座星形城堡耸立于圣劳伦斯河的断崖上，面临圣劳伦斯河与圣查尔斯河汇合处，宽阔的河面在此处已收缩到不足一千米宽，形势险要，有如雄狮一样扼守着这条水路运输线的咽喉要道，因而素有“北美直布罗陀”之称。“魁北克”在原住民印第安人语言中，就是“河流变窄处”。

城堡内大炮密布，壁垒森严，剑拔弩张，严阵以待，一派临战气象。威尔士亲王棱堡位处全城制高点，这儿竖着著名的弗雷泽（Fraser）大炮，重达十二吨，射程五公里。再看钻石峡碉堡，可容纳七十名战士和八门大炮。走近凹角堡，只见墙面凿有许多狭长方形洞，我数了一下，共有四十个，原来这是射击孔，全都指向城堡中心，是城堡内部的最后一道防线。有意思的是，当年的小教堂，原本是一个火药库，可储备四千六百一十桶火药。教堂旁边建有军团纪念馆，馆内安葬了多名受过勋的官兵，还保存着军团阵亡将士纪念册。

有一处斜坡上，用大大的法文铭刻着“JE ME SOUVIENS（我记得）”。对皇家军团来说这句话意味着，铭记军团在历次战役中牺牲及受伤的战友。这句话，也是魁北克的座右铭。

最后我们参观了博物馆，临近出口的房间内陈列的将军牵着公山羊的模型特别吸引人，栩栩如生，活像真人和真羊。我问导游这是怎么一回事。她说，公山羊是皇家二十二团的吉祥物，名叫“巴蒂斯”（Batisse）。第一只山羊是英国女王伊丽莎白二世于一九五五年赠送的。一九二八年星形城堡在阅兵场举行第一次换岗仪式，此后每年夏季都沿袭这一传统典礼，参加仪式表演的有皇家二十二团乐队的男女成员以及吉祥物公山羊。

参观完毕，从城堡内慢慢走出来，我心中在讴歌这座军事要塞的伟大！

魁北克人轻松随意

我们游览魁北克的那天恰逢周末，大街小巷人来人往，熙熙攘攘。大凡年轻情侣、青壮年夫妻以及老头老太，都是手挽着手并肩而行，亲密温馨无比。有些年轻夫妻一手互相挽着，男的另一只手推着婴儿车，女的另一只手则牵着宠物犬。他们大都穿着消闲装甚至汗衫背心，趿着拖鞋随意而行，或去超市，或去游乐场所，或去看望亲朋，或去某地凑热闹，一身轻松。傍晚，外出散步或随便逛逛的人更多。

前一晚我们是在蒙特利尔度过的，那儿的人也与魁北克市的人一样，几乎倾城而出，携老带幼赶去老城各处游乐场所或活动场地尽情玩乐。年轻夫妻带着孩子坐上河边的小船，划桨徐徐前行。孩子们在广场上踢足球或打篮球。老人们坐在路边的凳子上边聊天边赏风光。听到前面有街头艺人表演杂耍和脱口秀，便纷纷跑过去，只见艺人从口中吐出一团火来，手一挥，又是一团，围成圈的观众不断喝彩，我们也跟着拍手。

总之，走到哪里，看到的都是魁北克人自然、满足的笑容和随意随性的行为，他们的生活似乎没有任何压力，永远轻松、愉快。

与当地朋友交谈，方知这儿的居民得天独厚，享有比加拿大其他地区的人更多的福利：不但有全民医疗保险，而且假期特别多，自己结婚、家庭成员结婚、家庭成员出事故或患严重疾病或去世，都可带薪休假；产妇居然有长达一年的假期；父母因带孩子或领养孩子，也可带薪休父母假。此外，住房价格低廉，儿童入托也低廉，每天只需加币七元。十八岁以下的儿童，每月均享有政府财政津贴。如此优越的条件，生活怎会不轻松？二〇一五年世界卫生组织公布，加拿大人平均寿命高达八十二岁。想来魁北克人的平均寿命，一定高过这个统计数字。

哥斯达黎加风光无限

——富庶海岸，知足常乐

哥斯达黎加是连接北美和南美的狭窄链条上的一块翡翠，东临加勒比海，西朝浩瀚的太平洋，离人工开凿的巴拿马运河不远。听说西班牙殖民者十六世纪发现这块原住民生活的宝地时，不胜感慨地赞叹："Costa Rica（富庶海岸）!"因此得名。

其实西班牙殖民者欣赏的不单是这里的土产甘蔗、咖啡、香蕉、木瓜等，更是看重这里的金矿。原住民早就懂得在这里的激流中淘金沙，然后用火熬炼成金箔，制成各样小小的金饰，神态活灵活现。青蛙是他们崇拜的神，真是从来没看到过这么多神情各异的蛙：瞪眼的、鼓肚的、笑眯眼的、趴的、跃起的、静待猎物的，这些尽享盛誉的、在中央银行黄金博物馆内展示的各式小金饰，是在其他国家博物馆较难见到的。最令人难以忘怀的是一个沙盘内，摆放着成百个泥塑小人，还有村落、山峦、河流。这些不过小拇指长的泥人正在工作，神情就像活人一般，甚至激流中撑筏的舵手，那种紧张而专注的神态都毕现无疑，使观众对哥斯达黎加人的祖先肃然起敬。

特别叫人惊讶的是，这样重要、有众多贵重展览品的博物馆，门口居然没有持枪的门卫，随便什么人都可以从鸽子满天飞、行人忙喂食的广场再走几步，来到地下的这个博物馆。令人不禁担忧万一有持枪歹徒起念抢劫怎么办。我们从出租车司机口里了解到，老百姓只有对先人的尊重、崇拜，没人会起这种歹念。这个国家从一九四九年起就解散了军队，由警察维持治安，且不像墨西哥，荷枪实弹的警察满街都是。在首都圣何塞，周末合家逛街的人，还有在交通路口汽车道之间拎着自家农产品马铃薯、木瓜、香蕉叫卖的农夫多的是，也没见警察来干预。在一个小小的集市上，从未见过也叫不出名字的水果，比比皆是，都只有一两美元一磅或一袋，根本无须讨价还价。这么便宜的水果，你买了之后物主还频频向你道谢，笑容和他们学会的中文“谢谢”声，实在比水果还甜蜜。

即使在首都，见到的住房也比较简陋，因为有地震和飓风的缘故，大多是平房，漆上彩色，铁皮屋顶，门窗都装有铁栏杆。问缘由，司机答道：这里生活并不富庶，平均月收入大约六七百美元，因此顺手牵羊的事不断。但老百姓自食其力，却也感到平安幸福。我们来之前就查了资料，这个国家的幸福指数高，没有毒品泛滥、大型抢劫案，或是因信仰、民族不同而引起的战火。出租车经过他们前总统的住房，就是砖平房，面积较大些，谈不上豪华。政府的办公楼也极平常，有的还相当陈旧，市容跟中国三线城市相仿，只有儿童博物馆和学校新式又漂亮。原来贫富差距小、贪污腐化少，即使日子穷一点，照样感到幸福。

雾泪缭绕火山，神仙境界温泉

阿瑞娜（Arenal）是一座活火山，二〇一二年还爆发过一次。来哥斯达黎加的游客，无一不前来膜拜，而且很多会在此逗留一夜，以便见到火山昼夜的真面貌。我们乘哥伦布日长假之便，来参加一清早出发、半夜才归的一日游。上午路经格雷西亚名不见经传的小镇，见到一辆车轮直径有两人高、雕饰精美又艳丽的大木车，据说是世界第一大的。巴士又载我们去哥斯达黎加最有名的木刻礼品店，我曾暗下决心“不受宰”。可是这么大、各样木雕都栩栩如生的礼品店少见，实在受不了“死木头变活”的诱惑，一边喝着店里招待的土咖啡，一边目不暇接地挑选着，最后依依不舍、大包小包抱着回到车上。

到达火山脚下，导游关照得带上雨具，当时艳阳高照，雨伞还在车上包包里，且听他说上山的路不过五分钟，就懒得回去拿。谁知这上山的台阶既陡又滑，每跨上一级，对老人来说都要花很大力气。所谓五分钟的路，结果走了一刻钟，而且离山顶还有十多级台阶时，风雨大作，这才知道“不听向导言，吃苦在眼前”，幸好穿的是风衣，将帽子一拉，不致淋湿。花了很大力气才爬到了山顶。

游客都躲在山顶的棚子里，虽然我怀疑棚顶会不会被这么大的雨压塌，导游却面不改色，可见阿瑞娜经常歇斯底里发作。双峰耸起的阿瑞娜，不像在夏威夷大岛见到的火山，火气很大，到处冒烟，甚至能见到远远一个大坑里的岩浆起漩涡。它像一个年轻的弃妇，身着青衣，容貌娇美，双峰丰满，全身萦绕着愁雾轻纱，给你留下梦幻中似曾相识的感觉。正当你欣赏雨中阿瑞娜的愁容时，大雨却又戛然而止，天开了，灰青色的浓雾氤氲。被雨淋过的红花格外艳丽，就像是被阿瑞娜丢得远远的首饰，融不进它浓愁轻雾的倩影。阿瑞娜似乎就是愿与愁雾、阴云、暴雨相伴，到了实在无法忍受内心的煎熬时，就会来一场疯狂的爆发。

下山后，车子直奔贝蒂（Baldi）温泉。这儿的水就是从火山流下来的，十一个温泉池，越往高处爬，温度越高。最低处四十摄氏度，比体温略高一点，对年老体衰者比较合适。我因为身上插有胃饲管不便下水，老伴则急不可耐要下去享受。每一个池子头顶上都有水帘像瀑布似的倾泻下来，故能保持恒温。八十岁老翁在水帘下笑得合不上嘴，我趁机拍了张照。池边水中就有矮座可休息，他还想游泳，我指给他看池边告示上明写着："不准游泳，不准潜水"，他这才作罢。我怕泡久了对身体有碍，十五分钟以后警告他上来，可他还没尝够味儿呢，又泡了十分钟才上来，嘴里还在不断抱怨“管得宽”。

沿着芭蕉林中的小路往上爬，每一处温泉池畔都是一个景点，奔放的热带花卉和翠绿的树木镶嵌着一块块翡翠，在蒙蒙细雨中，就像身处仙幻世界。特别是入夜以后，碧绿的灯光照着朦胧的雾气水珠，确似“孙大圣”身临花果山水帘洞。正享受晚餐，却又暴雨倾盆而下，铁皮屋顶上雷霆万钧、千军万马，屋檐下几十道“瀑布”，织成一道厚厚的水帘，心想今晚定得困在半山腰。谁知雨说停就停，下山的司机们开亮了车灯，像一串饰灯，绕山而下。

千层绿峦叠嶂，静谧热带雨林

第三天我们直奔热带雨林。一路经过的峡谷都是千层绿峦叠嶂，车道就像一条蛇紧缠着蜿蜒上升。午饭时刻到达，因为错过了一班导游车，只得先进午餐。这里并没有很多热带花卉，却有无数蝴蝶飞舞。一只蝴蝶竟停在大红花餐布上，像在真花上吮吸，整整停了十分钟还没飞走。

上了缆车，徐徐驶进丛林，可以近距离地观察这神秘的“千层”绿。在这里，你不得不赞叹造物主的智慧和宽厚，不论是粗壮的老树，还是纤细如麻绳的藤条，全都可以生活在一个空间里，左右交叉，上下层叠，和平共处。叶子也多样，或是厚实得像毡子，或是轻薄如蝉翼，或是大若锅盖，或是小似柳叶。我突然想起小时候看过的好莱坞电影《泰山》，里面那硬汉就是拉着这种藤条，飞梭在丛林中，跟虎豹豺狼为友，因此忍不住问导游：为什么不见动物？他笑着回答说：仅这一处的丛林就至少有五百种野生动物，但是它们不喜欢人，一般在夜晚出没，只有运气特别好的游客，有时会在丛林底部发现熊、獾什么的。称为雨林，一点不错，在乘坐缆车的整个过程中，雨一直下个不停，有时是气势汹汹地一直打到缆车里穿着雨衣的游客身上，像是在发威；有时是淅淅沥沥，如诉如泣；有时又似游丝细雾飘浮在周围，跟你亲昵香吻。除了雨声，周围是一片静谧的世界，连鸟语虫鸣都没有，原以为这里既然依山傍水，一定能听到鸟语猿啼，然而天籁之中竟只听到天在流泪，在这种肃默中谁都不开口，只静静地感受绿的浓、厚、密。

丛林中居然很少看到花，只有一种叫“天堂鸟”的，随处可见，红色，从茎上向四面八方伸出尖尖的长刺，像鸟的喙和翅膀。虽没有花瓣，但这万绿丛中一点红，特别吸引人。我们还看到一棵老树似乎在雷击中被拦腰砍断了，然而在它的顶部却开满了紫色的花，在没有热带花卉竞放的深林中，淡淡的紫色在绿的簇拥下，显得神秘而淡泊。导游向我们介绍一种叫椰菜花树的，树干有十多米高，笔直伸到顶部才分枝，的确是越看越像一颗椰菜花。

缆车回到起始点，员工正围着一只受伤不能飞的小黄鸟忙，喂它吃喝，它昂然挺立着，一点也不害怕的样子，好像知道在这里能受到保护，展现出人和自然真正和谐的一幕。最后我们还参观了蝴蝶展，蝴蝶的蛹极像贵妇人的翡翠耳坠，有的正在完成艰难的最后一步。这里没有美丽的标本，却招来无数活蝴蝶。更有趣的是，在员工用水果招待游客的宴席上，我们还看到钉在水果上的明明是猫头鹰的头和眼，然而当你用力一扇，竟都化为蓝色的云彩翩然而去，原来都是蓝蝴蝶翅翼上的伪装花纹。

虽然没来得及参观野生动物园，没到海滨晒太阳，但留下些遗憾下次再来，不也是个念想吗？

加利福尼亚州葡萄园遍山野

——青纱帐里藏酒庄

自从姚明在加利福尼亚州购买葡萄园和酒庄以来，对这个行业感兴趣的人越来越多。日前，我儿子的一位朋友特地从北京赶来邀他作参谋，也想搞这方面的投资，便一起驾车去加利福尼亚州参观、选择葡萄园和酒庄，把我和老伴也带上了，真是让我们大开眼界。

我们花了整整两天时间，先后去了莫罗湾（Morrow Bay）和纳帕山谷（Napa Valley）一带。沿途广袤的土地上，葡萄园遍平原、满山坡，纵横交错，呈现出一派田野风光。每棵葡萄树都由一根木棒或铁棒支撑着，排列整整齐齐，彼此均保持一定距离，牵藤攀枝连成一片又一片，青翠繁茂。时值七月初旬，已见枝头挂着一串串绿色或紫色小葡萄，像珍珠似的，在阳光下晶莹透亮。从平地往山坡望去，蓝天、绿野相接，颇为壮观。

种植这么多葡萄，自然不是为了水果供销，商机全在于用来酿酒。加利福尼亚州白天干旱、晚上凉快，这样的气候十分适合葡萄生长。更有许多原先就从事酿酒业的德国人后裔在这儿经营，天时地利人和。在无边无际的青纱帐里，不知藏着多少酒庄？我们的车每开过几公顷葡萄园，就会冒出一家酒庄，有大有小，房屋颜色不一，形状有的呈古堡形，有的像宫殿，有的类似宾馆，有的木柱木梁茅屋结构，更显出田野特色。听说常有新人特地到酒庄来举行婚礼，可见其非常吸引人。

不管哪家酒庄，参观者首先会由迎宾员热情带领进入品鉴室，坐在柜台前高脚凳上，由专人招待品酒。递上玻璃杯，红、白葡萄酒随便尝，我也试了两杯。只见儿子和他朋友端起酒杯，先仔细看了一下，再轻轻晃动，然后放到鼻子底下闻闻，最后才喝到嘴里细加品味。对于向来滴酒不沾的我来说，自然不懂这一套品酒规则，每杯两口就喝光了，觉得味道有点甜又有点苦，说不出什么名堂，也不想再喝。

趁着儿子他们还在品酒，我就在室内到处逛逛。只见各个角落都陈列着跟酒有关的种种器皿，访客不但可以在这里买到自己喜欢的酒，还可以选购到嗜酒者所爱的各样小玩意。酒庄外面建设也很讲究，花坛、水池、喷泉被青藤簇拥着，不远处就是葡萄园。有趣的是，葡萄园入口处种有玫瑰，儿子告诉我这是为了预报病虫害，因为玫瑰较娇嫩，容易受到虫子侵害，一旦它出现病虫害迹象，就等于给葡萄发出警讯，葡萄园主就得赶快喷洒除虫药。

我还看到一种景观，就是在广阔的青纱帐中，往往夹杂着一块块薰衣草园，紫色的花惊艳，蜜蜂在花丛里钻来钻去地飞舞着。原来，西洋人喜爱在散发着薰衣草气味的氛围里，舒适地边喝酒边聊天。另外，葡萄籽和薰衣草籽榨出来的油，混合使用能滋润皮肤，缩小毛孔，甚至可淡化皱纹、控制脸上的痘痘。薰衣草花蕾以及薰衣草本身还可做香料。薰衣草蜂蜜也有特殊作用。这样说来，葡萄园伴植薰衣草，乃是一种副业。

听说加利福尼亚州葡萄园还在不断扩大，前景喜人。随着加利福尼亚州各类葡萄酒日益受到各国民众欢迎，对欧洲葡萄酒来说当是有力的挑战。

我们此行总共参观了十七八家酒庄。儿子的那位朋友觉得收获不小，我也觉得不虚此行，不过他是从商机而言的，我则纯粹是增长见识。

美国后院多米尼加

人们对加勒比地区的多米尼加早已耳熟能详，称它为美国绚丽的后院，为什么呢？我真想探个究竟。一听说去那里的来回廉价机票一张才卖两百八十六美元，比叫出租车去纽约曼哈顿来回一趟还便宜，便立马买票、订旅馆，三四个小时就已抵达，仿佛不经意间跨出后门。

半夜惊怵，忽然眼前一亮

抵达普塔卡纳（Punta Cana）机场不过夜里十点多，等上了出租车已是午夜。正值多米尼加的旅游旺季，我们预订的时间又晚，过两天才能搬进好旅馆。车将我们拖到“绿林”旅舍，门卫挡住了即将离去的司机，说他开错了地方，应是在不远处的分支旅舍。于是出租车司机又从高速拐进狭窄的小巷，来到一个小铁门面前，将我们交给一个黑人老头，旁边、对面都是黑人，妈呀！想起三月是这个国家犯罪率最高的月份，可别落在“黑店”里啊！司机和看门人以西班牙语交谈，半天老头也不开门。司机用英语翻译给我们说旅舍已经客满，儿子还嘱咐他特地打国际长途电话落实，要请经理来。司机也帮我们说应该让我们进去休息等待，一直等到经理答应马上来处理他才离开，也不要求多加小费。

第二天起床后走到屋外，我惊喜地发现就在住屋后边，不过十几步远就是海滩和椰树。因海滩在海湾里，感受不到海的辽阔，我便想去逛逛这个三十五年来从海岸可可小镇开发出来的旅游胜地巴瓦诺（Bavaro）。

出租车由小巷转上高速公路，我便眼前一亮，发现景象已大不一样。公路以差不多高大的棕榈树为中界，两旁都是高高的、色彩鲜艳的围墙和铁门，原来这些全都是度假旅馆，铁门口有门卫，来人如果不出示居住证，就不能跨越一步。到了第三天，因旅游团接游客需要，我们才得以进入其中一家一饱眼福：里面不仅枝叶扶疏、奇花异卉纷呈，还有铺了厚厚的绿毡一样的高尔夫球场，后院则有白色的海滩、大伞、躺椅，每一堵围墙内就是一个仙宫，供美国人周末飞过来休闲享受。可惜我们没订到位，那就去公众海滩吧，司机说来回需两小时，这样的话，我们哪来时间欣赏海景吃午饭？只得由他载去一家乱开账单、乱宰人的餐馆。

三点租到了车，事先没做好功课，往哪开？请了一位向导，这种人比司机穷，没有车，以此赚钱。他只花了二十分钟就开到玛考海滩，是特许用冲浪板的一个公众海滩，这里不同于加利福尼亚州的浪大水急的冲浪海滩，滚滚而来的海浪不大，海滩也浅，不少人悠闲地伏在板上漂荡，任浪打翻了，再伏上去。湛蓝的天扑进加勒比海透明、碧绿的怀抱，白色细腻的沙滩，只须铺上一条毛巾甚至连毛巾都不用，就在沙滩上晒着晾着，享受悠闲时光。导游说旅游团明天定会带我们再来，还是先去看看民居生活。于是我们在弯弯曲曲的小巷里转，两旁都是小店和摊位，不用筐子装而是用竖插技术将香蕉、芒果堆得高高的小货车，以及铁皮木头的小屋，堪比中国的山区小镇。这就是与豪华旅馆比邻的小巷人民的生活条件。

土色土香，别有风味

第二天随团去参观普塔卡纳山区的民居生活。坐上了敞篷车（其实顶上和周围还是有塑料和帆布围着），离开了高速公路，在崎岖的黄泥路上颠簸。首先映入眼帘的，是路旁一望无际的甘蔗田，这不就是久违了的黄土地和青纱帐？其次是多米尼加多得出奇的养牛场，听说随便什么人出个好价钱，就可圈一大块地来养牛。牧草丰富，漫山遍野的牛过着第一流的舒坦日子。

我们第一站参观的是土制雪茄，多米尼加出口雪茄，但外国游客谁敢买土雪茄？我只对后面的驿站感兴趣，骑马的费用已包括在团费内，因此除了我，连我家年逾八旬的老头也急着上马尝尝味道。友善的土民笑着为他牵来一匹温顺的雌马，扶他在树墩上上了马，又特为他配了一位向导，在旁引领着他的马前进，穿越绿椰林，路旁时有粉红色烟草花点缀着。等马队归来，我连忙为“老英雄”摄下英姿。

接着我们就去了此地的集市，这里五花八门什么都有，多米尼加盛产玛瑙和宝石，土气的首饰其实反映了本地人的审美观，不少游客都买了作纪念；还有就是满地满车的香蕉。之后我们到了露天溶洞——天池。美国东部的溶洞都在地下，没有灯什么也看不见。而这里靠天光照亮，往下走先遇到一个半罩在溶洞内的湖，尽头见得到天光；再往下走是另一个湖，水经过过滤，清澈见底，水底每一块石头都光滑、有色彩，天光湖色美得无法形容，禁不住惊叹是何等神工让水在半山腰里的溶洞冒出来。我用这里的水洗脸，爬了六十六级台阶出的油汗一下就洗净了。上车后，向导慰劳大家，拿出免费饮料，竭力向我们推销本地酒“Mama Juana”，主要由甘蔗发酵酿成，老头太渴了，半杯一饮而尽。儿子说别看它是果酒，有四十度呢，该掺点可乐或汽水，慢慢喝。可他讲迟了，老头已经满脸通红，微有醉意了。

午餐是在山顶的农家果园内，农家为游客烹饪自助餐，所以盛食物的餐具也是大锅子、大小盘子，什么形状的都有。餐厅四面通风，上盖棕榈叶的棚子，特有风味。这顿饭有十多道菜，叫不出名的水果拼成的沙拉很特别。饭后参观住房、果园和农产品。多米尼加人爱重而艳的色彩，这家是粉红加绿色的木头外围，周围全是可可树和椰子树，矗立在山顶特别醒目。床上被单像中国乡下的喜床，为大红或深红色。他们用水果酿药酒（在Mama Juana中放树皮、草根）——听说这是男士的福音。同时还制有果干、果酱、可可粉、香料等，并包揽游客自助餐，生活较富裕。客厅、卧房、储藏室、厨房、电器一应俱全，房间开间较小，不知强大的飓风来临的季节（六至十一月），小小的木头铁皮屋怎能抵挡？这儿最穷的当数种甘蔗的农民，而绝大部分国民都以为旅游观光客服务为生计，一些个体户如摄影师、向导、小贩皆是如此。

归程中又回到玛考海滩，学习知足常乐心态，脱了袜子在海水里泡泡，吹吹，晒晒，很满足。

移民城市圣多明各

第三天跟旅游团到首都圣多明各。哥伦布发现美洲新大陆，就是在一四九二年首先踏上西班牙岛圣多明各再往东一些的地方，该岛后来有多米尼加和海地两国。多米尼加原住民台诺人，热情又好奇地接待并供应了哥伦布航队的需要，后来却被西班牙殖民统治、屠杀以至于灭绝，现在的多米尼加共和国的人口几乎全是移民的后代，来自西班牙、非洲、海地、美国、中国等。

我们参观了美洲第一教堂。从外表看，它没有十字架尖的塔顶，是一幢两三层的土堡，不起眼。进入后一看，哇！彩色的玻璃窗，大幅的圣母图，又明亮又气派，跟外面形成鲜明的对比，宗教礼仪设备一应俱全。从宗教史看，有多名主教来此朝圣，连罗马教皇也特地拜访。这座教堂与世界上几个名教堂齐名，是联合国特批的历史文物遗产。听说它是西班牙入侵后开始建立的。百分之九十的多米尼加人信天主教，国家口号是“上帝，故乡，自由”。矗立在教堂前方的是哥伦布铜像，他向前伸着膀臂，铜像上停满了广场的鸽子。或许是感念他将上帝和当时最现代的科学、思想和生活方式传给了他们，人民将他的遗体运到圣多明各，据说埋在大教堂地下。然而殖民者没按上帝的教导，善待他们的“邻居”。

车经华人街，有“天下为公”的牌坊。商号很多，招牌有简体字也有繁体字。华人现成为当地第二大移民族群。没吃中餐，却被拖到一家意大利餐馆，令人咂舌的是店内装饰以土气为美，吊灯是去了底的铅桶，草袋配上两朵草花挂墙上，厕所洗手盆是截了底的烧菜铁锅，装上龙头。男女侍者在走道上为顾客献上歌舞，美妙动人。

下午参观老城区（Zone Colonial），这里是博物馆连着博物馆。我们参观的哥伦布宫博物馆，前面也有一座铜像矗立着，起先还以为这是哥伦布居住过的地方，其实是西班牙大法官克里斯托弗·哥伦布的儿子迭戈·哥伦布和妻子及家人的豪宅，凭着这皇亲国戚的贵族地位，在离哥伦布第一次踏上这块土地不过十七年的一五〇九年，此人便被指派到改称为新伊莎贝拉的圣多明各城当市长，翌年就在高台上开工建造这座哥特式宫殿。高高的柱子和拱门连着四五个二层极宽大有石雕饰的长走廊，远看就气派得很。有一百二十多个房间：既有漂亮大理石地板的舞厅，也有小巧的调遣室。茶几上摆着当时的航船模型，餐厅的银酒杯高大而富丽堂皇，绘画雕塑、家具陈设都极其讲究。结构设计精巧，很多地方有曲径通幽的感觉。

主人为此奢华的宫殿受诟病失宠死在西班牙，妻子在他死后二十三年一直住这里，富贵而凄苦。在朝阳的窗子前有一座座石凳，她也许就在这里极目远眺永远归不来的丈夫。她死后连宫殿也废弃了，成了一堆废墟。直到一九五五至一九五七年才被重建，里面的陈设却是十六、十七、十八世纪的都有，并非都是原来十六世纪的，故此宫成为欧洲文化递进的博物馆。但好战者从不尊重文化，在一九六五年多米尼加国内战争中，它又遭受重创，现在见到的是再度修建的。

街角陈列着一只巨大的黑铁锚，比人还高，它会不会是当年哥伦布航船在这儿登岸用过的，不得而知，也可能只是一个象征性的陈列品。这个驳杂的国家，美丽而又丑陋、先进而又落后——连普塔卡纳机场也是土洋结合，有芭蕉叶铺顶的凉棚让候机客满身是汗，也有冷气吹着舒服的免税店。但愿这块各族裔杂居的大拼版，能早日收起铁锚、扬帆启航，不再当人家的后院。

东欧瑞士，走马看花

幼时听说堂姐在奥地利学音乐，恨不能长上翅膀去找她。而今七老八十，想不到倒有了机会。趁机票、中文旅游团费用便宜，又是阳光明媚的五月天，赶快飞啊！虽然旅途中每个国家只能游览一两个城市，十足走马看花，却个个都镌刻在心。

古老和现代完美融合的法兰克福

清晨抵达德国法兰克福，由儿子当向导自由游览该市一天。坐落在美因河畔的法兰克福是德国第五大城，历史上德国十位皇帝的加冕礼都在此举行。教堂多得出奇，历朝历代都在不断地建，各式各样，哥特式、尖顶、矩形、圆柱形等，令人眼花缭乱。走在街上见到的古老而漂亮的建筑，上面几乎都顶着十字架，有的现在已经成为博物馆，这在其他城市很少见。钟声此起彼落，悠悠扬扬，氛围神圣而安谧，让人仿佛置身于数个世纪之前。

历史上这也是个文化底蕴极浓的城市，文化伟人歌德的故居在此。步行在方石拼成的歌德广场，游客万头攒动，都以这位以《少年维特之烦恼》和《浮士德》享誉全球的伟人为傲。广场向左拐是歌德大街，故居系楼房，并不豪华。时间仓促，我俩来不及参观歌德博物馆，只是瞻仰一下而已。歌德和以《阴谋和爱情》闻名的席勒关系很好，席勒大街就在歌德广场末端，向右拐不远即是。我俩步履蹒跚却怀着崇敬的心情徜徉，似乎呼吸到文艺复兴时代的气息。

现今的法兰克福市是德国乃至世界重要的金融中心，时称最现代化的“玻璃大厦”处处矗立，与古典的、哥特式的建筑“摩肩接踵”。坐在游览车上观赏一小时，简直是在看魔幻片，现代和古老不断交叠。始建于十三世纪、十六世纪才完工的圣巴尔多禄茂大教堂，挤在现代化的建筑群中，令人觉得不可思议。建于十九世纪五十年代的中央车站历史悠久，每天依然有四五万人的吞吐量，候车舒适，可见修缮、保养十分出色。车站顶尖塑有金光闪亮的雕像，像是传说中那位推着巨石不断攀登的壮士，象征德国人坚韧不拔的精神。

白发老头守护浪漫少女的苏黎世

第二天我们上了豪华大巴，发现这个旅游团开拔时才六个游客，配了一位很棒的小伙子当导游。巴士奔向瑞士，导游告诉我们：它向来尚武，却一直保持和平中立，两次世界大战及以后均未加入任何联盟，是居民幸福指数极高的国家。

几个小时后便抵达苏黎世，这是个比首都更出名的城市。伫立苏黎世湖畔，放眼远处连绵不断的阿尔卑斯山，有的整座山峰白雪皑皑，有的只是白雪盖顶，底下苍郁，就似一位白发垂肩、满脸皱纹的老人，在默默守护着心爱的孙女。蓝天白云是湖的围巾，周遭辉煌的建筑是她的项链，柔媚的涟漪则是她的裙褶，谁不拜倒在她裙裾下？

在苏黎世只有一天时间，只得如飞似的在湖畔抓紧拍照，远处的苏黎世大教堂来不及参观，湖畔的码头、大桥、车站以及林立的手表店和繁华的班霍夫大街，都只能摄入镜头。

特别值得一提的是卡特尔木桥，原先是个城堡，一场大火摧毁了它，为纪念这座城堡，后来将它修复成跨越湖面的木质廊桥。桥头有个深褐色堡垒，桥侧从头到尾都饰有钩子，节日时挂满花环，艳丽非凡。桥身很长，在最后的一百米内，廊桥顶部的栏木上绘有无数褪了色的油画，系众多艺术家心血的结晶。油画的主题是死亡，表现了欧洲中世纪的一场黑死病（鼠疫）灾祸。我们记得《罗密欧与朱丽叶》一剧也提到过，这对欧洲人民来说是永远难忘的历史惨剧，即使在这明媚的日子里人们也不会忘却。

趁旅伴都去买表的时候，我们在离卡特尔木桥不远的街上的大排档，吃了一顿瑞士式晚餐。尽管瑞士消费水平很高，但沿街的户外餐桌都挤满了人，喝喝啤酒，享受美食，优哉游哉，街头还有演出，这就是瑞士式的生活方式。连当晚我们落脚的卢塞恩旅馆，对面也有山有水，打开窗门，暮色中又见一幅湖光山色的油画。

邮票国列支敦士登及塞尔斯堡

从未听说过夹在瑞士、奥地利之间，阿尔卑斯山麓下还有一个小国叫列支敦士登，全国才五十万人口，GDP（国内生产总值）却高过瑞士，人民生活十分富裕。其首都一条主街，几分钟就走到头，两边都是精致的工艺品、首饰商店。邮票博物馆不收门票，体现了该国对邮票特别重视。列支敦士登被称为邮票国，传说是因为它一八六六年独立后，曾经历一场严重的经济危机，是一位亲王献出自家收藏的世界名画，复制成邮票发行，全世界集邮者为之轰动，抢着购买，国家一下赚了很多钱，才渡过难关。亲王的城堡至今还在。仔细欣赏邮票是不可能的，我们便买了一张当地风景明信片，盖上他们的邮戳寄回家去作纪念。

进入奥地利的第一站是塞尔斯堡。都说奥地利全国地形像一把小提琴，塞尔斯堡就在琴的共鸣箱部位，之所以出名，乃是因为世界著名音乐家莫扎特在这里诞生。莫扎特故居是一幢黄褐色楼房，没什么特别，只是游客都肃立仰望，似乎空气中都充满了艺术气息。

米拉贝尔花园是塞尔斯堡的瑰宝，过去是一位王公的府邸，著名音乐歌舞片《音乐之声》就是在这里拍摄的。两旁高大而挺拔的树木修剪得整整齐齐，活像两排卫士；爬满墙的藤，叶子绿、红、白相间，猛然一看还以为是绽放的花朵；紫色、黄色的花环中夹杂着洋红的郁金香，铺满翠绿的草坪。色彩缤纷的花园里满是诗和歌，怎能不成为《音乐之声》最佳拍摄地？

塞尔斯堡还有一条爱河，河面的铁索桥上挂满成千上万各色各样的锁，是情侣们撒下“山盟海誓”的种子，像五线谱上闪光的音符，音乐往往由爱情而发芽的嘛！这种“锁景”绝对可以收入“世界搜奇探胜集”。

在艺术长河中荡漾的维也纳

维也纳是多瑙河港口，称得上是世界首席音乐城市，水声淙淙、碧波回旋蕴含着音乐的韵律。它是舒伯特的诞生地，是贝多芬、莫扎特、施特劳斯等很多音乐家经常演出、聚合的地点。每年八月音乐节、新年演出，世界级音乐家荟萃到这里。由于历史原因，奥地利较早被纳粹德国吞并，所以这儿最美丽的艺术建筑都几乎没有受到战火的破坏。每幢建筑、每座雕像都是艺术品，连街头伴游客拍照挣钱的，都扮成一座座塑像。身临此境方才懂得欧洲艺术的精湛、美轮美奂。

美泉宫特具皇家气派，到处有喷泉、鲜花，到处有雕像，遍布屋顶、墙头、墙根、入口、泉水边、大道两旁，数也数不清。这些形象各异的雕像，有的金光闪亮，有的玉石晶莹，有的古铜粗犷，一切都表明原来主人地位的显赫，比起米拉贝尔花园，感觉更庄严、肃穆，比霍夫堡皇宫又多了份柔美。

在维也纳，莫扎特无处不在。礼品店各种巧克力、纪念品都有他的头像，广场有他的塑像，音乐会每天演奏他的作品。值得一提的是，这儿还到处可见印有奥地利史上著名的皇帝弗兰茨·约瑟夫一世的皇后，即茜茜公主的头像的纪念品。犹记得电影《茜茜公主》上映时，奥地利优美如画的景色、宫廷盛大的华尔兹舞会，曾给我留下深刻印象，我还深为公主不幸的身世惋惜。铿锵而悠远的广场钟声一响起，带着我们飞返遥远的中世纪。

晚上在金色大厅欣赏莫扎特音乐演奏会。走廊、演出大厅，所有廊柱、墙壁、吊灯、雕塑，全都金碧辉煌，天花板上则绘着世界名画。由于设计科学，即使座位在楼厅偏角，也能听清每一个音符。演出一开幕就让我大吃一惊，所有演员都头戴发套，身穿莫扎特时代贵族服装，这已成为一种传统，不然显不出庄重与典雅。演奏节目有莫扎特的钢琴或小提琴协奏曲，以及一些歌剧的选段。掌声始终热烈，终场更是掌声不绝，演员盛情难却，不得不重奏了前面乐曲的一小段，另外加演了施特劳斯的《蓝色多瑙河》。夜晚躺在床上，我恍惚觉得自己像被夹裹在艳丽舞裙的褶子中，直到进入梦乡还余音缭绕。

不屈不挠的英雄城市布达佩斯和布拉格

匈牙利的首都布达佩斯位于多瑙河畔，由河东的布达跟河西的佩斯合成，被称为东欧的巴黎。四至五世纪，匈奴人长途征战、跋涉，横跨亚欧来到这里定居。此地所见雕塑与奥地利式英雄、美女决然不同，英雄广场上的七位建国英雄，个个高头大马，戴盔披甲，彪悍粗犷。马和骑士以及凶猛的狮子是最常见到的雕像。这个民族希望自己能像狮子一般挺立，可惜的是，它目前还是以农业为主的比较贫穷的国家，但凭不屈不挠的精神，总有一天会成为多瑙河上的明珠。

市中心公园是居民划舟、憩息、闹中取静的天堂，一排六人、十二人同骑、一人掌舵的自行车，既充当游览车又是居民的消闲工具，我在别的城市没见到过。

布达佩斯的美，只有爬上渔人城堡山才能完全感受到。多瑙河上横跨着多座桥梁，其中最古老的一座是塞西比斯公爵为了两岸交通方便，自家掏钱修建的，桥头至今躺着卧狮，象征着振兴的希望，虽被战争毁坏过无数次，却又照样修复；其中最时尚的一座，桥名取自向匈牙利人伸出友好之手的奥地利帝国皇后伊丽莎白·茜茜，也在战争中被毁，重建时加入了现代化理念；还有一座是以诗人裴多菲命名的。它们都成为蓝色多瑙河绸带上的饰品。

城堡山上有无数堡垒、城墙、石阶，城垒峻峭、群山拥翠。远处矗立着纪念第二次世界大战的自由女神像，手中拿着橄榄枝，象征人民对和平的渴望。俯瞰多瑙河对岸，是金灿灿的布达佩斯皇宫，衬着碧蓝的天，真似梦幻中的天堂。

下午六点，我们登上游轮，穿越一座座桥洞，艺术宫在夕阳中无视暮色云霭，落日衔山，依然恬淡从容。自由女神虽然远去，却永远矗立在我们心头。

翌日抵达捷克的首都布拉格，它在第二次世界大战中的一九三九年很快被法西斯占领，建筑破坏不大，整个城市被指定为世界遗产。乍一看不觉得城市的光鲜，就像外行看古董。一般建筑一律是红色屋顶，带绿锈色和金色的教堂、古堡就显得突出。老城区街道都是小方石拼成的，适于马车行驶，人在小巷内穿来穿去，别有风味。

天文钟正在修建中，外行人不懂为什么靠着天象它会如此准确，其造型的特别和准时报点，让前面广场的游客个个驻足仰望。从山上俯瞰，布拉格就显出古代淑女般的韵味，老城区没高大的现代建筑来干扰。河上游艇如梭，编织着碧波，有如波希尼亚水晶一样吸引游客。

“易北河上的佛罗伦萨”和不倒的柏林

去柏林途经德累斯顿，它被称为“易北河上的佛罗伦萨”，是不能不逛一逛的。一九四五年二月十三日晚，英、美空军联合对德累斯顿发动四次轰炸，投下三千九百多吨炸弹，彻底毁灭了这个世界级的建筑宝库。坚韧的德累斯顿市百姓，战后又重新一砖一瓦地拼凑出它历史上的原貌。没有崭新的高楼，仍然都是巴洛克式建筑，顶上和墙上是骑马勇士的雕塑，广场、喷泉边也如此，其灰暗不会使人怀疑是灰烬中重建的仿古迹。这里还屹立着宗教改革领袖马丁·路德的雕像，黑色，庄重，下方刻有他的名字。

德国首都柏林位于易北河畔，第二次世界大战结束时几乎被夷为平地。留给人们印象最深的不是它的辉煌建筑，而是德国人的精神气质。一九四八年，柏林被划为苏联占领的东柏林和美、英、法占领的西柏林，而后者完全处于东德的包围中，苏联想逼迫西柏林就范，对西柏林实施封锁禁运。这时美国出手干预，每天出动飞机，通过空运向西柏林供给煤、水、粮食等，柏林上空飞机分好几层次同时飞，这有展览馆的照片为证。直到苏联感到禁运不是办法，打开交通渠道。

于是一九六一年东德又在一夜间，筑起一百多公里的柏林围墙，墙上密布电网铁丝，分为两道墙，中间相隔几十米，便于卫兵发现越墙者扫射，即使幸运爬过了第二道墙，前面又是一条河，水中有通电设备。

直到一九八九年十月九日，柏林墙才被摧毁。我们在两道墙中间摄影，心中充满无限感慨，特地在纪念馆买了一片嵌着墙石的明信片，让子孙们留着纪念。

最后参观了像巴黎凯旋门一样著名的勃兰登堡门，以及东德当年的电视塔，还在挤满了豪华奔驰车的街头徘徊良久。但这些都没有犹太人公墓更让人难忘，一块块棺材长短的黑色巨大石碑，代表一位位被迫害的死者，也象征一颗颗忏悔的心。公墓就在柏林中心地段，为的是提醒人们别忘记战争的祸害。

在一条不太起眼的街上，我们参观了西德前总理威利·勃兰特利的纪念馆。他曾在一九七〇年出访波兰时，向当年受纳粹祸害最深的波兰人民下跪道歉。这不是政治作秀，而是代表德国真诚地道歉，所以如今富裕的德国才能接纳不少难民。这个诞生了歌德、马丁·路德的民族，懂得悔改、忍耐，坚韧地向前迈步。

海漂四日，再游三岛

波多黎各异彩纷呈

老来出门旅游图享受，只想舒舒服服少走路，坐游轮当为首选，于是订了“名人（Celebrity）”游轮的票。好气派，十二层高的游轮，由美国第一位女船长执掌，从大西洋经加勒比海驶至波多黎各。

海漂滋味无限好

先在海上漂流四日。好在旅客多半是老人，有的还坐轮椅，都想借此机会好好享受：白天于靠近船头的大舱内，睡在躺椅上透过落地玻璃窗赏海景，看闲书，尝美食。阳光下的海洋呈深蓝，似毛蓝布颜色，风不大，海平静、深沉。傍晚太阳瞬息从它燃烧起来的晚霞中落下。第三天有小雨，雾气和雨帘下的大海呈铁灰色，皱纹加深，脾气也大起来。幸好次日雨过天晴，清新、静谧，发过小脾气的海显得格外可爱。

大舱内有游泳池，以及温泉似的冒着泡泡的圆形温水池。许多游客带着大毛巾在泳池里上上下下，有的夫妻携子女或与朋友泡在温水池中，说说笑笑一泡就是半天。

泳池前面的舞台，有艺人弹琴击鼓，游客们随着乐声翩翩起舞：有的从泳池内爬上来，可说是“赤膊上阵”，身上还挂着水珠，边唱边跳；有的还拉着另一半伴舞，真是热闹非凡。乐完就是吃，美味珍肴随时供应，人人都成“老饕”。

晚上剧场里的“秀”天天变换，无论唱歌、跳舞还是魔术，都精彩纷呈，不可不看。至于脱口秀，就没机会再看了。

吃喝玩乐丰富多彩，四天海漂生活实在够享受的。

圣马丁风光旖旎

第五天清晨，船泊在圣马丁岛。游览车带我们玩了两个景点：一个是东方海滩（Orient Beach），一个是玛侯海滩（Maho Beach）。前者是典型的加勒比海滩，海水碧绿，颜色跟大西洋完全不同，清澈亮丽。这里有各式海上活动项目，如载人气球、单人气球滑板、小汽艇、潜水等，是带孩子旅游的家庭理想"游乐区"。而我俩只能相扶着下海"湿湿脚"，尝点海水的咸味罢了。

此岛最大特点是合作、和谐。几个世纪以来这个极小的岛屿，竟分属荷兰和法国两个国家，以康科迪亚（Concordia，罗马神话中的协和女神）山为界，法国辖制北部，荷兰辖制南部。虽是殖民统治，但彼此凡事协商，友好相处，没有战事，老百姓已经习惯。岛上的和谐氛围使海湾和沙滩也特别合作，沙滩上千头攒动，游客仰望、拍照，海湾里潜水、游泳、扬帆，服务人员个个笑脸相迎。

玛侯海滩旁有个国际机场。岛面积较小，没有足够的土地建跑道，于是不论大小飞机降落，一半路程都在海上滑行，最后一小段才越过铁丝网在机场的跑道滑行。我们用餐的露天小餐厅就在海边，不到一小时从我们头上掠过降落的大小飞机，居然多达十余架，感觉触手可及，游客兴奋得争拍奇景！

圣托马斯乐与惊

再经一夜航行，次日清晨，游轮泊在圣托马斯岛，我们便又回到了美国领土。此岛与附近的六十几个小岛和珊瑚礁合称维京岛，一九一七年，美国从丹麦人手中重金购得，如今已成为美国的后花园，惬意的小岛风情与美国的生活方式融为一体。

上岛后第一感觉：这里破旧遗弃的房屋少了，街道整洁。游览车送旅客直达岛上的主街（Main Street），这条街两旁全是免税礼品店、首饰店、名表店，是旅客特别喜欢的购物胜地。几家店铺旁有从主街通往海边的小巷，巷里花草树木、石凳皆备，便于游客休息。置身于一些店的后门，仿佛闯入了精致的后花园。街心花园也挺可爱，到处有放养的母鸡和小鸡，与鸽子昂首阔步地穿梭于游人之间，诱得我俩不断抛食给它们吃。

下午经过陡峭山路，去号称最美沙滩之一的马琴海滩（Magens Bay Beach）。U 字形海湾旁，躺着整洁的沙滩，极目望去，可以看到不同层次颜色的海水，远深近浅。细沙雪白，碧绿海水镶着浪花，看似平静。

很多儿童在这里戏水。一位父亲将不满周岁的女孩托在手上，在水里泡，她非但不害怕，反而绽开笑容。此情此景不禁让老妪也动了心，便卷起裤腿往海里去，水才及大腿，浪一下就将人推倒。身旁的儿子知道老妈肚子上插胃饲管的洞口不宜渗进海水，赶快冲过去又拉又扶，哪知这个“大秤砣”的定力非凡，怎么也拉不起来，最后儿子乘退潮时猛拉一把，“大秤砣”总算跌跌撞撞地站立住，此亦一险也！

古堡荣耀圣胡安

最后一天早晨，我们的游轮抵达了圣胡安岛，即美国在加勒比海地区的自治邦波多黎各的首府。西班牙打败原住民印第安人后，自一五〇八年开始殖民统治，该岛成为加勒比海域的重要港口，也是军事要塞。

我们落脚在老城区一家庭酒店套房，有两个主卧室及客厅、厨房，儿子儿媳妇住在楼上，楼梯转弯处有藤桌椅、花草，供晒太阳、休息，颇有家的味道，才两百美元一晚。

鹅卵石和方块石铺就的街道十分狭窄，车辆均缓缓而行。两旁房屋大都漆成红、黄、蓝、绿，色彩斑斓。游览车免费，可择景点任意上下，竟有这等好事！找不到站问警察，他亲自送我们到车站，实在热情、周到！上车后坐在靠窗座位，老城区景色尽收眼底：漂亮的新式政府大楼，沿海蜿蜒的城墙和古堡，连接着斑驳古建筑的绿茵茵的草坪、雕塑，各式各样的教堂，色彩明丽的住房，真是美不胜收。

我们在游览车上先环城兜了一圈，对此地有了个大致印象。然后下车去一家本地人喜欢的“小排档”，吃到了既有特色又便宜的午餐，有海螺沙拉、炸香蕉片、炸兔肉、本地啤酒，还用吸管喝了刚切开洞的椰子的汁。

下午参观古堡。漫长的城墙上有很多古堡，买一张门票当天处处通用。一进门就看到“Go into History”字样，意思就是“走进历史”。为了防御英、法、荷兰、丹麦的入侵，当初西班牙在这形状像把枪的狭长岛屿上，纵横交错布满堡垒和防御线。堡垒里面很大，有好几个营房，每间可睡四五十人，但入口处是只能容一个人通过的石门，即使敌人已占领了身后的城市，也很难进入要塞。

城墙高而厚，城头上如齿状的矮墙，中国古代叫雉堞，即隔几步就有一个缺口，想来是安放武器的射击口；城头下有石头围成的小间，可容纳好几个人，石头间的大缝隙就是暗的开火口。奇怪的是，突出在最前面的碉堡，居然只能容一个人藏身。旁边隔一百多米，又是一个单人堡。

在十六世纪，英国曾两次试图夺取该岛，均未成。一六三四年，西班牙开始建筑城墙和堡垒，到一七九〇年才全部筑成，这些城墙和古堡不但保卫了殖民者的权益，还在第二次世界大战中发挥了巨大作用。其间美国曾在这里囤积了大量军事物资，德国的潜水艇虽虎视眈眈，却始终不能得手。如今别看它是一个游览景点，从城墙上可以一览辽阔的大海和色彩斑斓的城市，令人惊艳咂嘴，别忘了它还是坚固的军事要塞呢！

热带雨林云雀飞

次日去圣胡安热带雨林区。十八岁就驾车的儿子租了一辆车，连汽油在内才花了三十五美元。我们从高速公路直达山下，然后盘旋而上。

门口展览馆介绍本区树木、花草、飞禽、野兽，可惜没实物标本。见一棵树的树干周边长了叶子开着花，像插的红羽毛，用手摸方知是真花，太奇怪了！一旁的小摊上售有玫瑰、薄荷、椰子、金银花、薰衣草、柠檬等香味的各种香皂，芬芳扑鼻，说是祖传手工艺制造，山上质材山上卖，量不多，不二价。我们便搜刮一空。

山路旁一米宽内有十几种不同植物，趴着、缠着、凌空架着、插缝挤着、向上窜着，层层叠叠见不到顶，车就在树木交织的洞里钻来钻去，像行驶在隧道里。有时能见到阴霾的天空，有时大雨刹那间透过密密的植物网洒落下来，雨点大极了。好在阵雨一下就过去，突然前面地上多了好些灰白色的“石头”，不好了，会不会山崩？不对，石头又怎会飞，像团着的废报纸？细看方知是落叶，可从未见过这样又白又大的落叶，静时如石，飞时如纸。

一路有不少景点：瀑布虽小没气派，但瀑布下水很深，可供游客游泳；小小的泊车处很多，鼓励游客泊车徒步走向雨林深处，亲自与珍奇的“林中朋友”

会会面。留给人印象最深的当数YoKahu石塔，该塔坐落在接近顶峰的海拔一千五百米处。橘黄色的石塔本身不过三四层高，拾级而上并不太花力气。登上石塔俯瞰，从各个窗户看到的景色截然不同：有的是郁郁葱葱山峦起伏，一簇簇红花开在枝梢头，绽开胜利的微笑；有的是一幅千缕雨丝织成的灰布；有的凄迷雾气踌躇飘逸，但在最远处却见蓝色海湾拥抱亮丽城市，灼灼发光，一只老鹰像画似的挂在高空中一动不动。

难得一见的是，我们还看到了半山腰树枝间跳跃的云雀，羽毛黄、白、棕、花褐色相间，身躯似麻雀，忽地展翅直插云霄，悬停于空中，飞时还鸣叫。大概正因为这儿有云雀，所以才命名为云雀雨林吧！

图书在版编目（CIP）数据

琴瑟合韵 /（美）龚济民，（美）方仁念著. —长沙：湖南文艺出版社，2018.8

ISBN 978-7-5404-8803-1

Ⅰ. ①琴… Ⅱ. ①龚… ②方… Ⅲ. ①随笔-作品集-美国-现代 Ⅳ. ①I712.65

中国版本图书馆CIP数据核字（2018）第165756号

琴瑟合韵

QINSE HEYUN

作　　者　［美］龚济民　［美］方仁念
出 版 人　曾赛丰
出 品 人　陈　垦
出 品 方　中南出版传媒集团股份有限公司
　　　　　上海浦睿文化传播有限公司
　　　　　上海市巨鹿路417号705室（200020）
责任编辑　刘诗哲
封面设计　周　晨
责任印制　王　磊
出版发行　湖南文艺出版社
　　　　　（长沙市雨花区东二环一段508号　邮编：410014）
印　　刷　恒美印务（广州）有限公司
开　　本　880mm × 1230mm　1/32
印　　张　7.25
字　　数　78千字
版　　次　2018年8月第1版
印　　次　2018年8月第1次印刷
书　　号　ISBN 978-7-5404-8803-1
定　　价　36.00元